CE SERA LE BONHEUR

De la même auteure :

Tu seras une femme, ma fille, Calmann-Lévy, 2010 ;
   Livre de Poche, 2012.
L'Élégance, Autrement, 2013.
4 décembre, Plon, 2015.
Écoute-moi bien, Stock, 2017 ; Livre de Poche, 2018.
Sam Rykiel, Stock, 2020.
Talisman à l'usage des mères et des filles, Flammarion, 2021.

www.editions-jclattes.fr

Nathalie Rykiel

CE SERA LE BONHEUR

JC Lattès

Maquette couverture et intérieure : Le Petit Atelier
Photo de l'auteure : © Joanne Azoubel

ISBN : 978-2-7096-7436-2

© 2024, éditions Jean-Claude Lattès.
Première édition mars 2024.

« Le droit qu'on ne peut enlever à personne, c'est le droit de devenir meilleur. »

Victor Hugo

Au bar de l'oubli
Ne pas céder à la Mélancolie

Il a dit que j'avais un problème de verticalité. Qui ? Un homme, sympathique, mais attachons-nous à ses paroles, pas à lui[1]. Puis il a réfléchi et ajouté en souriant : « Non, de gravité. » De gravité « universelle ! » ai-je rétorqué en riant, pour m'en sortir la tête haute. Nous parlions depuis un quart d'heure, assis dans le hall de cet hôtel, contents de s'être retrouvés par hasard, quand, l'un après l'autre, mon écharpe, mes lunettes, mon agenda sont tombés par terre. Je ramassais un objet et, une minute plus tard, le suivant dégringolait. Le canapé était stable, les portes closes, pas de séisme en plein cœur de Paris… J'avais donc un problème. Mais lequel ? Difficile d'éluder plus longtemps la question. Et je ne me sentirai tranquille qu'après avoir trouvé une réponse. Ce ne

---

1. Pas de conclusion hâtive : les hommes comptent, dans cette histoire et dans ma vie, énormément.

serait pas rapide. Chercher ma gravité prendrait du temps. Toute la vie peut-être.

En rentrant du marché, je dispose les fleurs dans un vase. Je fais couler l'eau pour qu'elle soit suffisamment fraîche. Mon portable sonne, je l'ai laissé dans ma chambre, coup de chance, je l'ai entendu. C'est Carole. On se raconte notre semaine et puis je reprends mon livre.
Et l'eau dans la cuisine continue de couler. Dimanche, je suis partie à la piscine sans mon maillot, hier j'ai oublié mes clefs pour la deuxième fois ce mois-ci. Ce matin, en préparant le petit déjeuner, j'ai cassé un verre.

J'ai très peur de perdre la mémoire. Si je ne sais plus qui sont les autres, ce qu'ils sont pour moi, je ne sais plus qui je suis. Je suis perdue.
Je me méfie de mes souvenirs. Ils parfument ma mémoire c'est vrai, ils la confortent aussi mais parfois ils la contrarient. Le passé apparaît alors différemment, comme s'il en existait plusieurs versions, certains détails se floutent, de nouvelles traces émergent et l'incertitude me gagne. Suis-je en train d'inventer ?

Pourtant, je me suis construite sur l'échafaudage de ce récit, avec ses zones d'ombres, ce que j'ai oublié ou occulté, ce que je n'ai pas su mais que j'ai senti, ce qu'on m'a caché, ce qu'on m'a dit, ce qu'on m'a demandé de taire... Avec une idée de moi, changeante, de mes forces et de mes faiblesses, de ce qui me blesse ou me fait du bien. Je me suis trouvé des excuses, offert des circonstances atténuantes, gavé aussi d'orgueil et d'indulgence, mais c'est pour mieux te comprendre mon enfant.

Il faudrait que je me concentre, que je prenne des notes. Répertorier mes souvenirs...
Tous les étés, je me faisais piquer par ce qui piquait. Les guêpes, les orties, les méduses. Un mois de juillet maudit, dans le jardin de ma grand-mère, des guêpes m'ont attaquée à sept reprises. Après nous sommes partis à la mer et une méduse s'est voluptueusement enroulée autour de ma jambe. Parmi les choses qui m'ont fait souffrir, j'avais oublié les piqûres.
Je me démettais l'épaule aussi ; une bizarrerie qui me revient maintenant : mes parents allaient dîner chez leurs meilleurs amis, pourquoi m'emmenaient-ils ? Mon frère n'était certainement pas encore né, j'avais donc entre deux et cinq ans. On m'allongeait sur le grand lit dans leur chambre,

ils laissaient la porte entrouverte et passaient à table. Je m'endormais et, presque chaque fois, une douleur atroce dans l'épaule me réveillait. Je me mettais à hurler. On appelait le médecin. Ça n'arrivait que chez eux et précisément dans ces circonstances. Puis, cela s'est arrêté.

Dans cet inventaire, je mentionnerai tout ce que j'aime, et aussi ce qui m'inquiète…
Je voudrais savoir qui j'ai tué cette nuit. J'ai tué quelqu'un cette nuit. Je me sens terriblement coupable depuis mon réveil. Mal à l'aise. Ça m'empoisonne… Une connerie d'apporter un cadeau de Noël à Alta et Delphine mais pas aux autres, j'aurais peut-être dû… Hier, j'ai mal parlé à M. Il m'a énervée avec ses raisonnements tellement étriqués… J'ai l'impression qu'elle me fuit, que je ne suis pas à la hauteur, pas une bonne mère.

« Et puis j'ai eu ce déclic. Tu ne fais pas ça pour m'emmerder. Ni pour m'humilier ni pour me faire souffrir. Il y a des choses qui ne se font pas par rapport à moi, même si elles me sont désagréables, elles ne sont pas faites contre moi. »
Virginie Despentes

Je ne peux pas aller bien si mes proches vont mal. Ceux que j'aime, et ils sont quand même assez nombreux. Je n'arrive pas à être bien s'ils ont un problème, une difficulté, si quelque chose ne va pas. Je voudrais réparer. Même les autres, plus lointains, leur douleur m'affecte. Vous voyez le genre. J'absorbe. Ma fille revient de Grèce, elle me rapporte une éponge. Elle dit : « Elle vient d'être pêchée, elle sort directement de la mer ! » Je lui réponds : « C'est incroyable, je me sens exactement comme cette éponge », et ma fille ajoute : « Je sais, c'est pour ça que je t'ai rapporté une éponge qui sort de la mère. »

Complètement décousue cette amorce d'inventaire, il faudrait que j'y mette de l'ordre. On n'est pas sur le divan. Pas encore.

Ce qui se passe ? Ça commence par une impression de perdition, docteur, je sens que je me perds, que je suis perdue. Ça se fissure autour et à l'intérieur de moi. J'ai très peur. Je ne bouge plus. J'essaye de me raccrocher à n'importe qui ou n'importe quoi qui semble stable, des gens que je connais ou pas mais qui sont là devant moi et qui ne bougent pas, une maison, un arbre. Des repères. C'est la seule chose qui me rassure un peu.

Parce que je m'écroule.

Je racontais ça. Elle écoutait, elle répondait parfois.

Une des choses que j'ai retenues :

« Séduction + intelligence, c'est ce qui vous attire. Mais souvent, c'est séduction + intelligence + manipulation. Méfiez-vous. C'est le piège dans lequel vous tombez, dans lequel vous êtes souvent tombée. »

Ce n'était pas faux.

Seulement... Parler quand on a mal, ça ne sert pas à grand-chose. Qui peut réellement ressentir d'autres blessures que les siennes ? On ne connaît bien que sa douleur. Vous avez mal comment, entre 0 et 10 ? Évaluez votre douleur, c'est ce qu'on vous demande avant de vous administrer des calmants.

Écrire la douleur, c'est vraiment la partager. Et lire les mots d'un autre sur cette douleur, des mots qui seraient presque exactement les vôtres, c'est la reconnaître. Vous n'êtes plus seul au monde avec elle, cela soulage. Parce que la douleur est solitaire, parce que tout le monde a mal.

Écrire pour ancrer des repères, pour sauvegarder ce qui fuira. Je pense à tout ce que je n'ai pas vu, pas approché, ni même imaginé, tout cet au-delà, et même ce qui est devant moi et que je ne vois pas, que je n'entends pas. J'ai connu si peu de choses, presque rien.

Si je pouvais au moins garder un peu de la poussière de ce que j'ai vécu.

Il n'y a pas que la douleur. On pourrait le croire en lisant ces lignes mais ce serait inexact. Simplement, la douleur est plus accessible que le bonheur.

Quand je meurs, je veux penser à tout ce bonheur…
Ces filles-là, cette mère-là.
Ceux que j'ai aimés, ceux qui m'ont aimée (pas toujours les mêmes).
À cette vie privilégiée.
À la chance que j'ai eue.
Épargnée par la guerre, je n'ai souffert ni de la faim, ni de la misère.
Et ces éclats de rire à gorge déployée, cette ivresse, c'est ce que j'ai préféré.
À « Ton style c'est ton cul » de Léo Ferré, à Ella Fitzgerald, à Leonard Cohen, à Barbara… à Pierre Desproges, à ce tableau de Martial Raysse qui m'obsède encore.
À ma famille, indispensable et compliquée.

À ceux que j'admire et qui, malgré tout, m'énervent.

Ah, je ne veux pas penser à toute cette incompréhension, les non-dits, les trucs enfouis, ni à ceux qui m'ont trahie, que j'ai rayés de ma vie, c'est certain, eux je n'y penserai pas.

Au temps perdu non plus. C'est le temps qu'il m'a fallu...

Je ne regretterai pas ces levers de soleil qui m'ont éblouie, mais pas tant que ça. Ni la nature qui m'a assez peu émue. D'elle, je n'aime vraiment que les fleurs, même sur le déclin, même fanées, surtout les roses, les hortensias, la menthe et les oliviers, les tournesols jaunes aussi. Ah et les soucis, les soucis orange que j'offrais à ma mère qui les adorait.

Et le vert, pas le vert verdure non, un vert intelligent, profond, oscillant vers le kaki... Après avoir hésité longtemps, je crois que c'est ma couleur préférée.

D'avoir eu tout cela, quand je meurs, ce sera le bonheur.

*Parce que
la vie,
c'est une drôle de Tragédie*

« Il y a des gens qui n'ont jamais de fou rire. Ça existe. Ils n'ont pas ce dérèglement. Ils peuvent cesser de rire. Ils rient, mais à tout moment ils peuvent cesser de le faire. C'est terrifiant. C'est ça qui est terrifiant. De ne pas connaître ça. Cette ivresse de la rigolade. »
Marguerite Duras

des Faits

Commencer quelque part. Par une enfance heureuse. Mes parents Sam et Sonia m'ont voulue et ils m'ont eue. C'est un bon début. Ensuite ils en ont voulu d'autres mais ils n'ont pas pu. Après ils ont eu Jean-Philippe qui n'a jamais vu.

Sonia qui avait du temps et du talent se faisait fabriquer des robes dans l'atelier de retouche de la boutique de Sam. Ses robes plaisaient aux clientes. Ils ont monté une affaire de prêt-à-porter et lui ont donné le nom de ma mère, Sonia Rykiel. Plus tard ils se sont séparés, puis ils ont divorcé. Sam est mort très jeune. Sonia est devenue très célèbre. La maison de couture est devenue une grande marque de mode. Jean-Philippe est devenu musicien. J'ai travaillé avec ma mère, dirigé son entreprise, et puis je l'ai vendue. Sonia est morte des complications d'une maladie de Parkinson. Je me suis mariée deux fois, j'ai trois filles et une petite-fille. Je suis auteure et je vis avec Serge, mon compagnon.

Ce dont je me souviens enfant... Pas grand-chose.

Je sais que je suis sage, ma mère dit que je suis « une petite fille modèle ». Je porte des collants roses qui me grattent pour aller au cours de danse de Tatie Jeanine – aujourd'hui l'Institut Stanlowa – et des gants blancs quand je sors avec ma mère. Tous les jeudis, nous prenons l'autobus 68 à Alésia et descendons devant la Salle Pleyel. Ma mère assiste au cours, elle me regarde danser, elle embrasse sa sœur, moi mes cousines, puis nous reprenons l'autobus et rentrons à la maison. Je me souviens de la pianiste qui martelait toujours les mêmes morceaux, de ma tante qui donne les cours en pull et jupe, jamais en tutu, « et un et deux ». Elle est sévère et juste, ça ne rigole pas.

Peut-être découvrira-t-elle des petites filles prometteuses qu'elle pourra, à force de travail, présenter un jour au concours d'entrée de l'Opéra de Paris. L'Opéra, pour ma tante, pour tous les danseurs, c'est le graal. Il y a des critères physiques très précis, la taille, la minceur par exemple. Ces critères-là sont éliminatoires, ils ne se discutent pas. Comme un appartement exposé au nord, il n'y aura jamais de soleil, pas la peine d'espérer. Je n'espère rien, et ma mère non plus. Je vais au cours de danse parce que c'est bon pour moi, pour me tenir droite, pour le sens de la discipline, parce que c'est chez ma tante, que toutes les filles dans la famille y vont. Je n'aime ni l'odeur de la sueur ni la sciure dans les vestiaires, le bandeau qui me comprime la tête (cheveux attachés obligatoires), le tutu bleu ou rose selon le niveau qui accentue la rondeur de mon ventre. Je me sens lourde et gauche, mais j'aime bien quand ma tante me reprend : « Nathalie, tiens-toi droite, tes pieds en première position. »

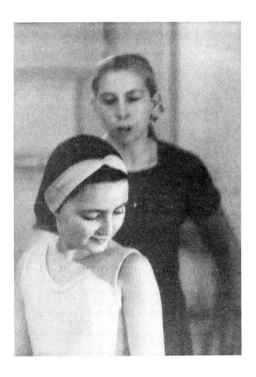

Elle me regarde ! Je ne suis donc pas là seulement parce que je suis sa nièce et qu'elle m'offre les cours. Quand elle prononce mon nom, dans cette assemblée de petites filles qui sont plus fines, qui dansent mieux que moi, je me dis que je vaux quand même quelque chose.

Je n'aime pas la danse, ni rien de cet univers mais j'aime beaucoup ma tante, et ce moment dans l'autobus, où je suis seule avec ma mère. Les jeudis, je les chéris.

À Alésia, l'arrêt de l'autobus se situe juste devant la porte de la maison et je trouve ça rassurant, ce repère. La lourde porte en bois, le hall, la loge de la gardienne, l'ascenseur, deuxième étage au-dessus de l'entresol, personne d'autre sur le palier. Maman me raccompagne et ensuite elle s'en va ou, si elle est pressée, je monte seule par l'escalier. Elle attend que je sois en haut, et elle part. C'est fini.

Je me hisse sur la pointe des pieds, je tends le bras pour appuyer sur la sonnette. On m'ouvre. Appartement bourgeois : l'entrée (porte blindée, œilleton, crochet de sécurité), la cuisine en longueur (bleue, fenêtre sur cour, porte de service, escalier de service, au 6e étage une chambre de bonne), la grande pièce (bleue, porte coulissante qui sépare le salon de la salle à manger, piano, bibliothèque bourrée de livres, Encyclopædia Britannica, romans, télévision, fenêtres à double vitrage sur l'avenue du Général-Leclerc), puis la première chambre (bleue, partagée avec mon frère jusqu'à l'âge de douze ans, fenêtre sur la rue Alphonse-Daudet), à gauche long couloir (bleu, patins à roulettes, trottinette et puis balançoire), à mi-couloir à droite c'est la chambre des parents (rose, lit, téléphone port Royal 02-06, petite télé Brion-Vega noire sur la commode), en face les toilettes (étagères croulant sous les romans policiers, papier cul en rouleaux blancs dans une corbeille tressée au sol, chasse d'eau suspendue, petite fenêtre d'aération sur cour), plus loin à droite la troisième chambre (la plus grande, blanche, occupée par la nounou, Nelcy) et tout au bout du couloir, la salle de bains (carreaux noirs et murs roses, lavabo, douche, bidet, baignoire).

Le soir, mon frère et moi dînons dans la cuisine avant le retour des parents, assis côte à côte devant une sorte de comptoir, face au mur recouvert de papier peint. Cet appartement de mon enfance était tellement joli et pourtant je garde cette sensation désagréable de bouffer face à un mur. De la cervelle, une fois par semaine, et du foie de veau, également une fois par semaine. J'ai mangé tellement de choses délicieuses dans cet endroit merveilleux. Et il me reste ce mur, le foie de veau et la cervelle.

Dans le bleu mi-ciel mi-dragée de l'appartement, se déroule la vie jusqu'à mes seize ans.

Les jours d'anniversaire, juchée sur un tabouret, je récite des poèmes à la famille.

Une fois par an, avec mon père, je regarde les championnats du monde de patinage artistique, installée dans le fauteuil crapaud devant la télévision.

Un soir, il rentre et nous rions parce que ses chaussettes ne sont pas de la même couleur. Il est daltonien. Après, tous les matins quand il s'habille, c'est moi qui choisis ses chaussettes dans la commode de leur chambre, celle sur laquelle repose la Brion-Vega.

Le week-end, après dîner, une fois la table de la salle à manger débarrassée et les doubles-rideaux tirés, il extirpe d'une sacoche la comptabilité de la boutique, des liasses de billets et de chèques. Il « fait la caisse ».

Pendant les sept mois où, allongée dans leur chambre rose, ma mère attend mon frère, elle m'apprend à lire. Je m'allonge à côté d'elle, tout près, appuyée sur l'oreiller de mon père.

Parfois, elle fait des crêpes. Et le 1er janvier, on mange des lentilles. Elle est superstitieuse, elle touche du bois, en même temps, elle s'en fiche, ça n'a pas d'importance.

Presque tous les jours, chacun son tour, on se balance mon frère et moi, dans le long couloir bleu.

Les samedis et les dimanches soir, ma mère me fait couler un bain avant de filer dans la cuisine préparer le repas. Pour la rassurer, je dois chanter à tue-tête sans m'arrêter. Il faut qu'elle m'entende. Si par mégarde je baisse la voix, elle accourt immédiatement, affolée, hurle mon nom depuis l'autre bout du couloir, craignant que je me sois noyée dans cette baignoire dont je n'ai pas encore précisé qu'elle était rose.

Ma mère m'aimait tellement qu'elle me forçait à chanter dans mon bain.

Plus tard, j'obtiens la permission d'organiser mes premières boums et j'ai négocié le droit de fermer les volets pour plonger le salon dans la pénombre jusqu'à 19 heures. Mais dans l'obscurité tremblante de mes premiers slows, et toujours avant l'heure concédée, mon père débarque, flanqué de mon frère. Brutalement, il rallume la lumière et incite Jean-Philippe à donner un petit récital de piano à mes amis.

Personne n'ose s'opposer à mon père, ni JP, ni mes amis, ni moi, surtout.

On est plus grands. Ils ont enlevé la balançoire. Et le long couloir bleu s'est teinté de blues.

Dans la chambre des parents. Seule. Vautrée sur le lit, près du téléphone, dans le creux laissé par ma mère (l'endroit le plus réconfortant), j'attends parfois pendant des heures qu'un garçon m'appelle.

Quand j'arrive du lycée, je fonce directement dans la cuisine. Je laisse choir mon sac sur le carrelage et je me prépare le gâteau de semoule dont la recette est dans *La pâtisserie est un jeu d'enfant* de Michel Oliver. Avant que la cuisson se termine, je sors le moule du four, je plonge la cuillère dans la bouillie encore molle et brûlante. Il me la faut tout de suite, j'ai trop faim. Non, j'en ai trop besoin. Je me doute que ce n'est pas bien, je fais vite, de peur qu'on me découvre.

Le soir, dès qu'elle rentre, ma mère se dirige vers la salle de bains. Il faut que je sache : fera-t-elle couler l'eau chaude qui me soulage ou l'eau froide qui m'inquiète ?

Quand elle se presse d'enfiler sa robe de chambre, bien plus belle que ses robes, nouée à la taille par un lien, longue jusqu'au sol, ornée d'un volant en mousseline qui lui chatouille les pieds, je sais qu'elle ne ressortira pas. Elle m'aime tellement, qu'elle ne me laissera pas.

Mais si elle disparaît pour se maquiller devant le miroir au-dessus du lavabo rose, je reste. Je la regarde de toutes mes forces, me figurant probablement que plus je la regarderais, plus je la retiendrais, ou au moins son visage, son parfum. Que quelque chose d'elle m'imprégnerait et ne me quitterait jamais.

Comme si, dans cette salle de bains, se jouait mon destin.

Parce qu'elle est partie. Une fois, une seule, mais c'était pour de bon. Tu m'as laissée, maman…

La vie avec papa n'était plus possible et tu avais rencontré un autre homme. Mon père te faisait du chantage, si tu partais ce serait sans tes enfants. Bravache, tu es quand même partie. Ça n'a duré qu'une semaine, tu n'as pas tenu davantage. Je ne l'ai jamais su, que tu essayais de nous abandonner. Je ne l'ai jamais su, et pourtant une béance a pris (ta) place.

Évidemment, ils ne nous l'ont pas dit, qu'elle nous laissait seuls avec mon père. Dans l'appartement bleu délavé la vie n'était pas vivante, elle était presque invivable, mon père était trop malheureux sans elle. Je ne sais pas ce qu'ils nous ont raconté. Qu'elle partait en voyage ou autre chose.

Le vendredi 19 novembre 1965, ma robe de chambre disparaît.

Je la cherche partout. Je ne l'ai pas perdue, on ne me l'a pas volée.

Mais je ne l'ai jamais revue.

Elle ne sort pourtant pas de la maison. Casanière, elle consent exceptionnellement, si j'insiste, à m'accompagner sur le balcon (il faut bien, de temps en temps, l'aérer un peu). Un matin, tôt, elle m'avait aidée à descendre la poubelle et j'ai cru qu'elle allait s'évanouir, la peur d'être reconnue sans doute. Elle est timide, elle n'aime que moi. Je ne la prête pas. Nous sommes si intimes, la prêter serait la trahir. Si je pars, elle attend que je revienne. C'est notre pacte. Jamais je ne l'étoufferai dans une valise. Les voyages c'est avec les autres et les autres, ça n'est pas son genre. Son genre, c'est moi.

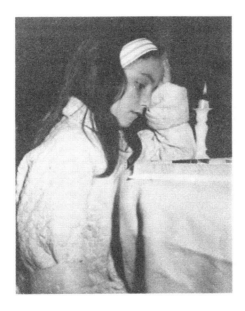

Avis de recherche

Ma robe de chambre est rose, boutonnée, avec un col blanc. Je me souviens de sa douceur, de sa chaleur, de l'apaisement, de mon réconfort dès que je l'enfile... et du secret qu'aussitôt elle me murmure : « La nuit tombe, tu as pris ton bain, tu vas dîner, tes parents vont bientôt rentrer, tu es en sécurité. »

De droite à gauche, de bas en haut : Robe chasuble en laine, col roulé et chaussettes montantes. Pull col polo blanc, pantalon, chaussettes courtes. Costume, chemise, cravate, lunettes. Robe de jersey col dentelle, bracelets semainier, catogan nœud de velours. Guéridon, vase, bouquet, fleurs artificielles. Canapé deux places en velours bordeaux, petite gravure ovale et reproduction encadrée d'un tableau ancien, lourds rideaux de velours (bleu) voilages en broderie anglaise, moquette bleue avec des fleurs.

Elle est revenue ma mère. Tous les six mois maintenant, elle se rend une semaine en Italie dans l'usine à Venise pour « faire ses pulls ». Une semaine à Paris dans l'appartement avec mon père c'est long vous savez, la vie est partie en Italie et la vie ne reviendra qu'avec elle. Mais cette fois, je n'ai aucun doute, elle reviendra. Et c'est moi qui ouvrirai ses sacs, exaltée, passionnée, valises gonflées, molles, enceintes, bourrées de pull-overs « pas finis », pas pliés, fouillis sophistiqué de prototypes avec des fils qui pendouillent, à peine tombés de métier, de gammes de couleurs, des essais de jauges aussi, des ébauches de dessins jacquard, des effets trompe-l'œil sur des échantillons de laine, des rayures verticales, horizontales, obliques, des milliers de possibles. Elle me fera tout essayer. Le lendemain, au bureau avec son assistante, elle recommencera. Elle prendra les bonnes décisions pour que les pulls soient terminés à temps.

La vie de famille s'organise autour des dates de vacances scolaires et du calendrier des collections. Les présentations, puis les premiers défilés dans la boutique, raniment l'adolescente apathique qui se réfugie souvent sous les portants de vêtements dans le bureau de sa mère. Elle ne me chasse jamais. Elle écoute les voix que j'entends, elle sait le spleen que je traîne, elle me laisse être là, même si je ne suis pas très là. Elle m'assure que ça ira, qu'elle a confiance en moi, que je suis formidable. « Un jour tu verras, crois-moi. » Elle semble n'avoir aucune ambition pour moi. Mon père en a eu trop, toutes incohérentes ; il a laissé tomber. De toute façon, ce n'est plus la peine. J'ai déçu mon père, quant à ma mère, seule ma présence lui suffit.

Absente. Tes quatre fausses couches après ma naissance, ta grossesse allongée puis la tragédie familiale trois mois plus tard, quand on apprend que Jean-Philippe ne verra jamais, l'accident cérébral de papa, son opération trépanée, tes amants, vos disputes, la séparation, le divorce. Cette histoire prématurée des hommes de la famille, la mort de mon père à quarante-huit ans et la naissance de mon frère à sept mois. Trop de chagrin.

C'est à toi qu'ils demandent s'ils peuvent le débrancher. Sa mort, comme le reste, tu l'assumes. Comme si c'était ta faute et que tu devais payer.

Pourtant vous êtes divorcés. Pourtant j'ai vingt ans, je suis adulte. Mais je ne décide rien, je ne demande rien. Même pas de le voir une dernière fois. Je ne suis pas là.

Bien sûr que je suis là, mais où ? Assise dans le corbillard, debout devant la fosse, j'assiste à l'enterrement de mon père. Sauf que ce n'est pas mon père, mon père n'est pas mort, ça ne peut pas être lui. Ou alors ça n'est pas moi, la fille. Il y a un mystère dans cette histoire. Un mystère d'un blanc implacable. On dirait le drap d'un fantôme, celui qui déjà m'avait anesthésiée, abrutie, coupée de la douleur et laissée douloureuse. Cette incompréhension, cette absence, cette même sidération qui m'avaient saisie, quinze ans plus tôt. Dans quelle pièce de l'appartement bleu étions-nous, quel endroit avais-tu choisi pour m'annoncer ça, papa était-il là, est-ce lui qui a dit : « Ton petit frère ne voit pas et ne verra jamais. » Ça n'était pas possible. Un petit frère aveugle.

Bascule. Tout allait bien jusque-là, jusqu'à l'été 1961. Pour la petite fille de cinq ans, il n'existe que les gentils et les méchants. Est-ce que c'est une punition ? Mais pourquoi… mes parents sont gentils, on n'a rien fait de mal, il y a certainement une erreur ? Non. On ne pourrait pas rembobiner, recommencer ? Non. S'il vous plaît ? Réparer ? Non. Rien à faire. Irréversible.

Une punition divine alors. Il faut s'en aller, laisser la place, cinq ans de bonheur, c'est déjà bien. Sa mère pleure, son père hurle sur ceux qui manifestent de la pitié. On les plaint.

La vie a basculé.

Sur le trottoir, j'entends des voix. Elles m'intiment de ne pas marcher là, d'enjamber ici, de contourner cette rainure, de sauter pieds joints par-dessus ces deux pavés abîmés. Sinon... Une divinité ? J'obéis. Je recule. Je saute. Et je m'absente. Longtemps. Ça revient parfois. Enfin, plus maintenant.

Être protégée, je ne veux rien d'autre, et surtout pas de conflits.

Elle a trouvé ça, elle, pour ressusciter. Le travail. Elle a eu de la chance, elle était douée pour ça. Et le succès est arrivé. Mais le doute ne la quittait plus, elle avait mal à la tête, elle était angoissée tout le temps : est-ce que ça va plaire, est-ce que ça va marcher, est-ce que je vais plaire ? En bonus, le plaisir, jusqu'au délire, venu de la reconnaissance, de la célébrité, de la puissance. Poussé aussi loin que possible. Très loin. Jusqu'à trouver ça normal et crever de peur que ça s'arrête. J'oublie la séduction, elle séduisait tout le monde.

Je l'ai vue vivre ça, après j'ai vécu ça avec elle, et ensuite, j'ai eu besoin de ça pour vivre. Et j'ai tout fait pour avoir ça.

Elle m'a redonné vie. Trois mois après la mort de mon père, quand elle m'a proposé de défiler, d'être mannequin pour sa prochaine collection. À la Sonia bien sûr, sans un mot, sans un conseil… « Débrouille-toi, tu es capable, tu sauras. » Mon père aurait détesté que je travaille avec elle, mais il était mort, ça ne changerait plus rien. Une trahison supplémentaire ? Mais qui trahissait qui dans l'histoire ? Mon père en se laissant mourir si jeune m'avait trahie, ma mère en le quittant avait trahi mon père… Et moi, je devais vivre.

Elle a deviné qu'il fallait que quelque chose se passe, que seulement quelque chose d'exceptionnel me sortirait du tunnel.

Elle avait raison. Ce serait mon lot. Il me faudrait de l'exceptionnel, du passionnel, de l'intense. Décrocher la lune.

Plus tard, il y a eu les défilés, c'était génial, l'excitation, le stress, le travail, les enjeux. Épater ma mère, voir briller ses yeux. Tous les six mois. Ça scandait magnifiquement ma vie…

Chorégraphie, musiques, coulisses, coiffeurs, maquilleurs, caméras, mannequins, habilleuses, médias, attachés de presse, people, scandales, critiques, budgets. Pour orchestrer ce show, il fallait être folle et forte et rigoureuse. Il fallait diriger. J'étais douée et j'aimais ça.

C'est comme cela que j'ai fait connaissance avec moi-même.

Et la dramaturgie est entrée dans ma vie.
L'annonce du prochain livre d'un auteur que j'aime, persuader le metteur en scène Robert Altman de dévoiler le tournage de son prochain film sur le podium au final de notre défilé, me marier, un anniversaire à célébrer, flirter avec le scandale en offrant des sex-toys dans la mode, une compétition de mousse au chocolat, un concert de mon frère, l'enterrement de ma mère, un voyage, une naissance, changer de coiffure. Se jeter sur la moindre gaîté, mettre en scène l'ordinaire comme l'extraordinaire, transcender le quotidien, sans échelle de valeur, sans hiérarchiser mon énergie entre ce qui compte (les autres, les sentiments, la santé) et ce qui s'oublie… Pour l'urgence de me sentir vivante, il suffira que, toujours, quelque chose d'intense (ou que je saurai rendre intense) m'attende. Qu'il reste, à l'horizon, une fenêtre à ouvrir, comme celles d'un calendrier de l'Avent. Peu importe la longueur du chemin. J'ai tout mon temps et je sais où je vais, puisque je me rends à mes propres invitations.

Il me faut de l'exceptionnel, c'est une addiction, une question de vie ou de mort.

Que ma vie soit un roman…

le père

C'est un enfant qu'on a privé de savoir. Lorsque ses parents ont fui la Pologne, il avait moins de quatre ans. Plus tard en France, son père ne l'a pas laissé suivre d'études, il l'a obligé à reprendre la boutique. Jeune homme, il compense, passe sa vie dans les encyclopédies. Tout ce qu'il peut apprendre, il l'apprend. À vingt-quatre ans, il rencontre Sonia, une jeune femme bourgeoise dont l'originalité le charme. Il tombe amoureux d'elle et ils se marient. Dans la boutique de Sam, elle s'invente des robes. Les clientes les voient, les veulent. Ça marche. Rapidement, elle a beaucoup de succès. Puisqu'on réclame les pulls et les robes de sa femme un peu partout, que des actrices se les arrachent, que des boutiques en France et à l'étranger patientent pour être dépositaires de ce qui est devenu une marque, Sam se prend au jeu. Il fait les choses à fond. Ne rien laisser au hasard, à l'amateurisme, c'est son caractère. Autodidacte acharné de travail, il conçoit et rédige des contrats, invente des clauses d'exclusivité, crée le concept de boutiques franchisées avec royalties pour le droit d'enseigne. Il décortique tout, et négocie durement. Comme sa femme, il s'est découvert un don.

Chacun trouve peut-être enfin sa place, ensemble, et hors de leur gouffre existentiel, à côté du drame. Ce n'est pas le bonheur, mais au moins la vie devient sexy. On n'a plus pitié d'eux, on les envie, on les admire. Elle pour son talent et son originalité, lui pour son intelligence, son autorité, sa culture et son incroyable dévouement à leur fils. Quelle allure ce couple, quel charisme, quelle réussite et quelle leçon de vie. Ils voyagent de plus en plus… New York, Londres, Milan pour le business. Ils louent des maisons sublimes à Saint-Tropez pour les vacances. Ils ont réussi, ils sont vivants.

Combien de temps… cinq, six, sept ans ? Il pouvait vivre cette vie-là. Pourtant ce n'était pas ce qu'il avait imaginé, il n'aime que les livres et les sciences, il a besoin de réfléchir, de raisonner, d'apprendre, de transmettre. Finalement, pourquoi pas. Il s'est révélé un vrai talent de business man et il adore sa femme. Ça pourrait durer toute la vie.

Elle, non. Elle étouffe.

De toute façon, il sait qu'il lui est indispensable, que ferait-elle sans lui. Si elle s'en va, il la suivra. Il organise l'affaire Sonia Rykiel pour elle bien sûr, et pour la garder.

Elle a des amants.

Il la fait suivre.

Elle résiste.

Il la harcèle.

Il se débat... il sent qu'elle ne le supporte plus, qu'elle n'en peut plus, qu'elle ne l'aime plus.

Bien obligé d'entendre quand elle le lui dit.

Il lui fait du chantage.

C'est une femme à qui on ne fait pas de chantage.

Ils se séparent dans le drame.

Allers et retours.

Cris, hurlements, menaces.

Puis, terrible, le divorce.

Ma Chère Sonia,

    Je te confirme bien volontiers par la présente lettre, l'accord sans réserve, que je t'avais donné à la suite du jugement du 30 janvier 1971, qui a prononcé notre divorce, pour que tu continues à utiliser sans restriction, et notamment dans le cadre de ton activité professionnelle le nom de RYKIEL.

    Je t'autorise si besoin est, à faire état de la présente autorisation définitive.

    Je te prie de croire, Ma Chère Sonia, à mon amitié.

Parents dévastés. Elle ne le supporte plus, il est fou de chagrin.

Parents intelligents, responsables parce qu'il y a les enfants, Jean-Philippe surtout…

Déjà, ils ne voyageaient jamais dans le même avion (s'il s'écrasait, qui prendrait soin de lui). Pour le bien des enfants, ils jouent au divorce idéal. Ils ne jouent pas. Ils font ce qu'ils peuvent, ils essayent. Ils luttent. Comment faire autrement.

Elle est partie parce qu'il l'emprisonnait, parce qu'elle est une femme libre.

Elle n'a pas pu nous protéger de sa folie.

Et lui, se sentira-t-il enfin libre quand il aura moins de chagrin ? Délivré de tout ce qui l'avait contraint, le prêt-à-porter, les affaires. Honnêtement, cet univers, il l'avait toujours méprisé. Il n'aimait pas son père non plus, ni son frère. Il ne s'aimait pas lui-même. Il n'aimait que Sonia.

Libéré de s'épuiser à la faire suivre, à la menacer, à vouloir la garder à tout prix ? Parce que ça, c'était fini et bien fini.

Il a tout raté. Et son fils ne voit pas…

La vie ne se répare pas.

Ils sont méconnaissables. Les traumatismes ont balayé tout ce qui était construit, contraint. La séparation dissipe le peu de conventionnel encore en chacun d'eux. C'est une métamorphose.

Impossible de reconnaître la jeune femme bourgeoise qu'était Sonia. Ses cheveux, sa frange, ses tailleurs de jersey noir, sa démarche sont devenus l'uniforme d'une guerrière sophistiquée, d'une pionnière qui a eu le courage de partir, d'une femme affranchie, probablement morte de peur avec ses deux enfants sous le bras et son affaire qui démarre.

Elle est faite, elle ne changera plus.

On ne verra plus jamais Sam en costume et cravate, il a donné toutes ses affaires avant de déménager. Barbu, les cheveux longs, hippie en djellabah l'été, en pull shetland et pantalon de velours côtelé l'hiver, avec son appareil photo, ses Gitanes sans filtre, sa DS blanche et son chien en bandoulière.

Bien sûr que ça s'est passé sous ses yeux. Tout. Ils essayaient de se cacher, pour protéger, épargner les enfants. Mais on n'épargne jamais les enfants. Vous croyez quoi ? Elle voit tout, elle sent tout, elle n'analyse pas, elle ne comprend rien. Comprendre… Ne lui demandez pas de comprendre ses parents. Elle a déjà perdu son insouciance, vous lui voleriez ce qui lui reste d'enfance.

Reste d'Enfance

Le jour où son père arrive avec le chien, elle réalise que c'est vraiment fini. Elle n'a plus d'espoir. Parce que sa mère n'avait jamais voulu de chien.

Il part avec son schnauzer dans le XIVe arrondissement, pas loin de chez eux. Dans le studio que sa mère avait loué quand elle a essayé de les quitter, elle est partie, revenue. Elle n'a pas tenu une semaine. Ils l'ont gardé, et c'est son père, le pauvre, qui s'y installe.

Le seul atout de ce studio, c'est sa grande terrasse. Sam devient incollable sur les graines, les plantes, les arbres, l'exposition ombre et soleil, les heures d'arrosage. Comme toujours quand il s'intéresse à quelque chose, il fait d'abord le tour de la question, après seulement, il fonce. C'est sa nature. Bien que maladroit, il est têtu et il se débrouille. Il cuisine maintenant. À la maison, il avait deux spécialités : le canard à l'orange et les œufs brouillés. Ici, plongé dans les recettes, il veut tout expérimenter. Ça l'amuse, ça l'occupe aussi. Dans la minuscule salle de douche, il installe un labo et développe ses photos. Il va au cinéma, il lit, il a beaucoup d'amis et probablement quelques maîtresses. Il est très entouré. Dans cet immeuble où il habite depuis six ans, une nuit, il tombe.

Son père dans ce studio, seul et sans amour, c'est ainsi bien sûr, qu'elle se le figure…

Elle n'y va pas, ou le moins possible.

Elle voit sa mère devenir puissante, s'envoler vers la gloire et elle en veut à son père de sa déchéance. Ça lui fait mal au cœur, pitié aussi. Et de cette pitié, elle se sent coupable.

Mais la force, la protection, la vie sont clairement du côté de sa mère. Pour être vivante, c'est bien là qu'elle doit être.

Depuis qu'elle est toute petite, elle redoute qu'il lui arrive quelque chose. Elle est persuadée qu'il serait incapable de se secourir lui-même s'il lui arrivait quelque chose… qu'il se laisserait mourir. Après son évanouissement sous la douche avenue du Général-Leclerc, la ponction lombaire puis l'opération, il doit prendre soin de lui, pourtant il ne respecte pas la liste d'interdits : fumer, boire de l'alcool, plonger. Il n'a pas renoncé à ses deux paquets de Gitanes sans filtre… Elle entendait sa mère lui répéter : « Sam, arrête » mais il n'écoutait pas.

Et sa mère n'est plus là pour le surveiller.

Aura-t-il assez d'argent ? Ça l'inquiète aussi parce qu'il a arrêté de travailler, tout arrêté. Déménagé, retraité. Tout l'angoisse. Cette intuition, ce questionnement qu'elle ne parvient pas à formuler. A-t-il encore envie de vivre, son père ?

Elle sait. Elle sait ou elle croit savoir ? On lui dit, et personne ne la détrompe, que sa naissance qui a duré quarante-huit heures aurait bousillé l'utérus de sa mère. C'est probablement la cause de ses fausses couches... Pour espérer avoir un autre enfant, Sonia doit rester sept mois sans bouger, allongée à la maison, le col de l'utérus ficelé. Malgré cela, le bébé naît trop tôt. Trop fragile, on le met immédiatement en couveuse, on le transporte à l'hôpital. Une faute – une surdose d'oxygène dans la couveuse lui brûle les yeux.

De sa faute à elle... De la faute du médecin qui suivait cette grossesse à risque et n'a pas exigé que sa mère accouche dans un hôpital doté d'un service de prématurés, de la faute de sa mère ignorante qui a choisi le confort d'une clinique, de la faute de son père qui pense à tout mais n'a pas pensé à ça et qui aurait dû...

Trois années plus tard. J'ai l'âge d'apprendre. Et le savoir, c'est son territoire.

Il en a été privé, nous en serons gavés. Ses enfants combleront ses manques, deviendront ce qu'il n'est pas devenu. Car sa réussite professionnelle n'a rien réparé.

L'été de mes huit ans, il a du temps et c'est là que ça commence. Avec les devoirs de vacances. L'après-midi, il s'isole avec moi jusqu'à ce que j'aie fini. Si je n'y arrive pas, il m'explique, si je ne comprends pas, il recommence. À la troisième fois, il dégrafe sa ceinture. Il ne s'en est jamais servi sauf pour me terroriser. Et je suis terrorisée. À partir du cours moyen, il surveille mes notes, mes devoirs, m'engueule, m'enferme la veille d'une interrogation écrite, me force. Ça marche quelquefois, je me souviens d'un 18 en anglais en 6ᵉ après avoir révisé des heures avec lui, alors que j'étais nulle. Mais une porte se ferme, le dégoût d'apprendre et la peur qu'il m'inspire m'envahissent. C'est mon frère qui me sauvera. Jean-Philippe a grandi et il a besoin d'aide, mon père se détourne enfin de moi. C'est ma chance et mon infortune.

À quarante-deux ans, divorcé, il quitte la maison. Lui qui s'est toujours dévoué à Jean-Philippe va maintenant lui consacrer sa vie.

À sa façon, bien sûr. Sans limites. Avec intelligence et passion. C'est un père extraordinaire.

Il a déjà sorti son fils des institutions réservées aux aveugles, il s'est battu pour le faire admettre dans une école à Anthony. Bien que ce choix de normalité soit formidable, il intervient beaucoup trop tôt. Jean-Philippe n'a pas eu le temps d'apprendre le braille et ne sait pas lire, il n'a pas non plus acquis les outils indispensables pour se débrouiller avec son handicap. Comment suivre les cours dans cette école où tous les enfants voient, où rien n'est conçu pour l'aider ? Incapable de reconnaître ses erreurs, Sam s'obstine et décide, à son âge, d'apprendre le braille pour l'inculquer lui-même à son fils. Sa méthode est toujours la même. Un désastre. Résultat, encore aujourd'hui, Jean-Philippe déteste lire.

Au lycée, Sam le fait entrer à Buffon puis à Victor Duruy où rien n'est prévu non plus pour un non-voyant. Il lui fabrique tous les outils nécessaires, même des cartes de géographie en relief. C'est Sam qui retourne à l'école.

Sam, retourne à ta place.

Tous les jours, Sam attend son fils à la sortie du lycée, rentre à la maison avec lui et le surveille – devoirs, piano, éducation –, le récompense, le punit. Je les entends s'engueuler. Quand c'est fini, ce n'est pas fini. Le père ne s'en va pas, il s'incruste, ne laisse aucun espace à son fils, aucune liberté. Il contrôle sa vie, ses distractions, ses plaisirs. Son premier joint, c'est Sam qui le lui tend.

Avec le même entêtement, il lui communique ses passions. Le jazz, par exemple. Il l'initie aussi à ce qu'il ne pratique pas, monter à cheval, faire du patin à roulettes, du ski. Il lui ouvre toutes les portes. Mon frère lui doit son indépendance.

Je le maudis d'être là, chez moi. Que fait-il là tous les jours ? Ils sont divorcés merde, qu'il retourne chez lui. Mon frère a fini ses devoirs mais lui, il traîne. S'il pouvait aussi garder un œil sur ma mère, à quelle heure rentrera-t-elle, pourtant ça ne le regarde pas. Parfois quand maman arrive, il est encore là. Par gentillesse ou culpabilité elle ajoute une assiette à table et il reste volontiers dîner, il ne demande que ça, de rester. Quand il a rendez-vous, un cinoche, un ami ou une maîtresse, il finit par partir.

J'ai seize ans et demi, mon bac avec mention, un bac mathématique et sciences de la nature. Faire médecine, la suite logique selon mon père, est à l'opposé de moi, je n'ai ni la vocation ni l'ambition de devenir médecin. J'ai atteint mes limites. Je ne bouge pas, incapable de m'inscrire à la faculté. Je n'assume toujours pas de lui déplaire et lui n'essaie plus de cacher que je le déçois. Alors, je ne suis plus rien.

À dix-sept ans, je vis chez ma mère. Je végète, des petits boulots dans des librairies, dans le cinéma, le théâtre. Je me cherche, je ne me trouve pas. Ma mère n'exige rien de moi.

Elle m'aime, elle me protège.

Longtemps, très longtemps après sa mort, j'ai voulu le comprendre, essayer de faire sa connaissance.

Comment étais-je passée à côté de cette grâce, avoir comme père un homme si intelligent, généreux, honnête, dévoué, mal aimant mais aimant certainement. Admiré, respecté de tous, décrit par certains comme un professeur, un savant, un gourou, un prophète. Un homme qui adore les jeunes qui voient en lui un père rêvé, et nous l'envient.

Où était cette grâce, invisible à son fils et à sa fille ?

Il n'a connu aucun de mes amours, ni mes enfants. Il ne m'a pas connue non plus. Il n'a rien su.

Et puis, le moment est venu de le raconter à mes filles. J'ai évoqué son intelligence, expliqué qu'il m'avait appris à jouer aux échecs, à faire de la photo (je leur ai montré ses photos) et les œufs brouillés, que ma passion d'Ella Fitzgerald, de Billie Holiday, du cinéma, vient de lui. Je leur ai parlé de son chien, de sa DS, de son génie, de sa folie, de son charisme. Je leur ai dit qu'il serait fier d'elles. La troisième de mes filles porte son prénom.

Les nuances, ce serait pour plus tard. Beaucoup plus tard. Quand je lui ai consacré un livre, et que mes filles l'ont lu.

Je n'ai aucun souvenir de son odeur, de ses baisers, de son contentement de m'avoir. Mais j'ai cette photo.

Ma mémoire de lui est presque caricaturale. L'intelligence, l'exigence, l'intransigeance, la colère, la violence, la faiblesse, la tristesse.

Mais est-ce ainsi que les hommes vivent, sans nuances ?

C'est quand j'ai compris qu'on ne vit pas comme ça, quand j'ai admis que mon père était aussi un homme… qu'il est devenu mon père.

Il est tombé. Il a fait quelques pas, il s'est levé pour un verre d'eau ou alors il s'est traîné hors de son lit. Quand nous sommes arrivées maman et moi, il était par terre inconscient encerclé par les pompiers. Il était 5 ou 6 heures du matin, j'étais en plein cauchemar, j'avais tellement peur, je voulais tout lui pardonner, toute cette souffrance, ces malentendus, toute cette incompréhension, papa, papinouche, mon papa chéri. Mais ce n'était pas le moment, il n'y avait rien à faire que de supplier bêtement les pompiers de le sauver, ce qui ne servait à rien non plus et les dérangeait probablement. La situation semblait très grave. Je n'ai pas demandé à la femme qui pleurait par terre dans un coin, celle qui avait prévenu ma mère, ce qui s'était passé. Je ne lui ai rien dit. Que faisait-elle là, elle n'existait pas. Je la connaissais, c'était bien elle, elle était gentille, c'était une des maîtresses de mon père, Jacqueline. Il l'appelait Warda, La Rose, et je ne l'ai même pas regardée, comme s'il y avait un mur entre son chagrin et le mien, comme si le sien était sale et le mien propre et légitime, comme s'il était en faute, cinq ans après son divorce, de dormir avec une femme qu'il aimait bien et qu'il avait baptisée La Rose.

La dernière Fois

Il est mort comme ça. La veille, il était à la maison, avec Jean-Philippe et ses devoirs. Comme d'habitude on s'est croisé, on n'a pas parlé, on ne s'est rien raconté, il ne posait pas de questions et je restais à distance. Je n'aurais pas supporté, ni qu'il m'approche, ni qu'il me questionne, ni qu'il me touche. On ne s'embrassait plus depuis longtemps. Pas de baisers, pas de câlins.

Je ne savais pas que c'était la dernière fois que je le voyais.

Ça aurait changé quoi ? Si on m'avait dit : « C'est la dernière fois que tu le vois, ton père. »

On ne sait pas ça. La dernière fois qu'on le voit, le dernier baiser, le dernier soupir, la dernière fois qu'on porte du 36, la dernière fois qu'on a mal nulle part, la dernière fois qu'on lit sans lunettes, la dernière fois qu'on ne sait pas conduire, qu'on mange du chocolat (ah non, pas ça), la dernière fois qu'on voit la mer. Tant mieux, moins de tristesse. Tu n'as pas assez profité ? Tant pis. Tant pis pour toi.

Si j'avais voulu orchestrer un dernier final de défilé, mettre en scène une image de dernière fois, une image qui raconterait tous ces bonheurs, je n'aurais jamais pu égaler la magie de cette photo prise (presque) par hasard.
Ce qui n'est pas sur l'image se voit quand même : pas nécessaire de mettre le volume pour entendre la musique, comprendre que la salle est debout, fiévreuse, qu'elle applaudit.
Au centre, deux femmes se détachent. En noir. Des meneuses on dirait. On sent un lien puissant entre elles, on ne sait pas lequel, elles ne se ressemblent pas. Une solidarité. Elles se tiennent par le bras et leurs mains aussi sont étroitement nouées. L'une d'elles envoie des baisers. Elles sont souriantes, en cet instant, heureuses. Il n'y a pas de renoncement. Pas encore.
Elles ne savent pas.
Les femmes autour d'elles sont heureuses aussi. En blanc, elles dessinent comme un halo angélique. Une puissance féminine. Légère, tranquille, gaie, complice.
Un hymne. On voit bien que ces femmes, toutes ces femmes, celles qui sont devant et celles qui les entourent, les noires et les blanches, ont

décidé d'être là où elles sont. Sans contrainte, sans soumission. Des femmes libres.

C'était la dernière fois.
La dernière fois que ma mère et moi saluerions ensemble sur un podium. Il y a eu d'autres défilés, d'autres finals. Celui-là, avec elle, sur la photo, c'est le dernier.
Elle n'est pas morte après. Mais elle ne pouvait plus.

Matrimoine

Elle n'était plus présente. Malmenée, épuisée, déformée, brisée par la maladie.
Souffrante. Vivante. Bientôt mourante. Se voulant toujours régnante.
Encore plus impressionnante.

Autour, amour tristesse effroi.

Le 7 août, ma mère tombe et se fracture le col du fémur.
Le 18, j'obtiens l'autorisation de l'hôpital de ramener ma mère à la maison.
Le 23, ma mère se meurt.

Le 25 août à l'aube, ma mère est morte.

Et maintenant, elle s'en fout.

Maman, je te parle ! Tu es morte, et c'est comme d'habitude : après moi, le déluge... « La famille, l'affaire, tu verras, tu te débrouilleras. » Elle s'en foutait, elle ne pouvait pas penser à ça, et tant qu'à faire penser à moi aussi, non il lui faudrait admettre qu'elle mourrait un jour et... ça n'arriverait jamais. « De toute façon, ne t'inquiète pas, je serai toujours là, et je m'occuperai de toi quand tu seras vieille. » On rêve, mais c'est vrai, elle a eu une fois le culot de me dire ça, sérieusement ! On ne parle jamais de la mort, du cimetière, de laisser des choses, quoi à qui. « Tout est à toi et à ton frère, tu te débrouilleras. Et puis, je ne mourrai pas je serai là. »

Le 25 août 2016, un jeudi, l'aînée, la cheffe, le ciment de la famille meurt.

Tu la voulais toute à toi ta famille, tu y régnais comme partout, en reine mère. Tu es la plus forte, celle qui a réussi. Ta mère, tes sœurs, l'institut de danse de Jeanine, c'était très bien, mais toi c'était mieux. Tu étais toujours avant, toujours plus haut que tout le monde. Tu étais le moteur, l'étoile, le guide, la première de cordée. Tu avançais et nous entraînais, tu étais notre fierté, celle qu'on n'était pas, qu'on ne pouvait pas être. Tu étais là pour nous, toujours. Tu donnais ton temps, tu donnais tes relations, tu donnais des vêtements.

Tu appelais les gens haut placés, tu faisais tout pour simplifier la vie aux tiens du sommet de ta gloire, de ta magnificence, de ta générosité.

Le jeudi 25 août 2016 au matin, on annonce le décès de Sonia Rykiel, la créatrice de mode, la cheffe d'entreprise, l'icône de Saint-Germain-des-Prés.
La postérité ne t'intéressait pas. C'était toi, seulement toi, personne d'autre après toi. Tu ne m'as jamais laissée t'entourer par des stylistes qui auraient suffisamment de talent pour te succéder et c'est vrai que je n'ai pas su te les imposer. Ceux qui avaient le talent, tu leur rendais la vie impossible. « Je l'ai déjà fait », tu leur disais, tu les démolissais… et bien sûr, ils partaient. Tu insinuais que j'étais créative pas créatrice, tu sous-entendais ainsi que je ne pourrais pas te succéder. Que tu étais unique. Tu ne laissais de place à personne à tes côtés. Derrière, oui.

Le 26 août 2016, le monde continue, sans elle. Je n'en étais pas certaine…

Qui prendra sa place, qui deviendra la cheffe du clan. Moi par filiation, ou l'une de tes sœurs ? Muriel qui le désire tant, Françoise qui est maintenant la doyenne de la famille. Danièle ça n'est pas son sujet et Jeanine est morte depuis douze ans.

C'est moi. Je suis l'aînée, la fille aînée de l'aînée, l'aînée aussi des petits-enfants de la famille. J'ai perpétué la lignée, j'ai mis au monde trois filles. C'est moi, l'héritière. Je crois que j'en ai envie. Avant le cimetière, après le cimetière aussi, tout le monde était venu chez moi. C'était normal.

Mais envie de quoi ? De lui succéder, de régner ? Son statut de reine, son pouvoir, je m'en fiche. J'étais la fille de Sonia, dans la famille, dans l'affaire, dans la rue, aujourd'hui et demain, je serai toujours la fille de Sonia. Ce sera toujours la même histoire. Parce que c'est mon histoire. Jalousée. Comparée. Évaluée. Critiquée.

Elle en était consciente. Elle m'avait dit : « Tout le monde y trouvera à redire. » Puis elle avait ajouté : « Le pouvoir ça ne se donne pas, ça se prend. »

Je suis son héritière. Je ne laisserai cette place à personne.

Je veux la perpétuer, la représenter, l'éterniser. Lui rendre hommage. Morte, elle continue de vivre en moi. Je sais ce qu'elle dirait, ce qu'elle ferait, comment elle s'y prendrait.

Toute ma vie je l'ai fait. Pour elle. C'est elle que j'ai toujours voulu épater, elle qui m'importe, personne d'autre.

Mais elle ne sera pas là pour le voir.

Noël sans elle.

Comment ne pas être ensemble, alors que nous venions d'être privés d'elle. C'était la plus somptueuse, folle et gaie des traditions… Dehors, il neigeait. À l'intérieur les lumières scintillaient, les mets embaumaient, les cadeaux pleuvaient et les familles Flissovitch et Rykielovitch bien au chaud chez l'aînée se régalaient.

Ce Noël familial, on le préparait toutes les deux. Ce Noël qui rendait fous les uns, qui nous rendait tous fous, elle aussi ça la rendait dingue, mais qu'on adorait. Ton sapin en plastique, ressuscité chaque année, et que tu habillais, sublime. Préparer les cadeaux pour les enfants, les petits-enfants et aussi les grands. Étiqueter, pour qui, de la part de qui. Certains soupiraient… On sentait que c'était trop. Tout était trop, trop de cadeaux, trop d'histoires, trop à manger, trop tout. Vous imaginez cette famille embarquée dans la démesure de l'aînée ? Qui pourrait en faire autant ? Et peut-être était-ce aussi insupportable qu'agréable…

Ce premier Noël sans elle, je reçois un mail. Une de mes tantes m'écrit, elle se souviendra que c'est elle, cette histoire ne regarde qu'elle et moi, et nous savons bien qui nous sommes. Elle dit que c'est à moi de réunir la famille. Chez moi. Elle me désigne. Quelque chose m'avait retenue de lancer les invitations, j'attendais probablement un signe. Et il était arrivé.

« C'est à toi de faire Noël, Nathalie. Parce que tu as les moyens et un grand appartement. »

Ce n'était pas faux. Pourtant c'était bien la seule chose à ne pas me dire. Aucune allusion à une légitimité, un savoir-faire, un talent hérité ou une habitude peut-être. À l'évidence, je ne serais jamais à la hauteur. Je pouvais épater ma mère, je savais le faire, mais les autres me compareraient toujours.

Que voulais-je perpétuer de ma mère ? À moi de décider. De choisir entre la jouissance et la tyrannie de l'héritage. Et, ce que je pensais vouloir le plus au monde, célébrer Noël chez moi, avec toute ma famille, j'y ai renoncé. Tes mots ont sans doute décidé de ma liberté et je voulais t'en remercier, ma tante.

Prendre sa place ? J'avais oublié l'essentiel. Même morte, elle ne laisserait personne prendre sa place. Elle n'a jamais accepté qu'on lui succède, ni chez Rykiel, ni ailleurs. Elle se voulait unique, irremplaçable. Et elle l'était.

Plus tard, j'ai vendu l'affaire. Pas son appartement, qui est intact.

Qui oserait habiter là, après elle ?

Sonia est tout le contraire de sa mère Fanny qui naviguait au pluriel. D'instinct, ma mère a élaboré la théorie de l'unique. Peut-être pour se démarquer de ses quatre sœurs. Sonia ne se démultipliait que devant ses miroirs.

Sa rousseur était incomparable. Une fois sa frange coupée, elle n'a plus jamais changé de coiffure.

Son appartement, elle l'a conçu comme une immense et originale pièce à vivre. Elle recevait, très bien, en offrant un seul plat (couscous). Elle considérait qu'elle avait une fille unique et un fils unique (pas faux). Elle s'habillait toujours de la même façon, se créant un uniforme dont l'unique fantaisie était le tissu, qui variait selon les saisons... Dans une couleur indétrônable, le noir.

Elle a créé le contraire d'une mode, un style immédiatement reconnaissable. Pendant toute sa carrière, elle a travaillé les mêmes matériaux inusables :

– ce mélange italien exclusif 80 % laine 20 % angora pour ses pullovers

– l'invariable jersey de laine pour les tailleurs

– l'éternel crêpe envers viscose et/ou envers satin pour le soir

– l'inégalable velours éponge pour les joggings de luxe.

Pas par dogmatisme. Parce qu'elle avait arrêté – longuement, définitivement – son choix.

Changer, ce n'était pas sa tasse de thé. Elle ne changeait jamais.

Ce qui l'a rendue elle, inoubliable. Et sa mode, identifiable au premier coup d'œil. Inimitable (mais très imitée). Unique en son genre.

Le jour de son mariage, entourée de ses sœurs et demoiselles d'honneur dont elle a choisi les robes.

Et trente-cinq ans plus tard, Sonia avec sa petite-fille Salomé, saluant au final de son défilé.

La beauté sera toujours rayée, elle l'avait décidé.

Le sac préféré de ma mère était un Kelly de taille moyenne en cuir bordeaux. Son Kelly. Simple, chic, sobre, avec le cadenas, l'étiquette et le poinçon Hermès à l'intérieur. Elle ne s'en séparait jamais.

Il était parfait en toutes circonstances. Porté à sa main, dévoué à ses pieds, trônant sur une chaise, fermé, à demi fermé, ouvert, plein, vide. Il faut reconnaître à ce sac sa beauté, la perfection de ses proportions, la souplesse de son cuir, le raffinement de sa couleur, l'originalité de son fermoir qu'elle laissait négligemment ouvert, la praticité de son intérieur muni de plusieurs poches. On s'incline.

Elle m'avait laissé entendre une fois que... Peut-être, quand je serai grande. Mais elle n'avait pas l'air pressée que je grandisse, du moins pour me le céder.

Ce sac avait certainement une histoire. Elle y était attachée de façon sentimentale, c'était évident. Qui le lui avait offert ? Mon père, un autre homme... Je n'ai pas demandé, elle ne m'a pas dit. C'était un cadeau de marque, très onéreux. Elle ne se le serait jamais offert elle-même. Elle n'était pas très dépensière. Beaucoup plus tard, quand elle a eu les moyens, c'est moi qui l'encourageais à se faire plaisir. Quand j'étais petite, à part son semainier en or ciselé qui bruissait délicieusement à chaque mouvement de son poignet et son solitaire au doigt, ma mère ne possédait pas d'objets ou de bijoux de grande valeur. Je crois qu'elle n'y attachait pas d'importance. Elle appréciait le faux presque autant que le vrai, elle les mélangeait même.

Mais ce sac, c'était une autre histoire. Et puis c'était un Hermès.

Quelques années après sa mort, je suis allée le chercher dans l'un des placards où je garde ses affaires. J'avais envie de le voir, de l'avoir. Le goût me revenait de retrouver les belles images de ma mère en vie, avant la maladie qui avait tout détruit, tout oblitéré, tout abîmé.

Mais le sac était défoncé, complètement défoncé. Même l'intérieur était déchiré. Elle ne s'en servait plus depuis les années 70. Dans mon souvenir il était resté l'impeccable compagnon bourgeois de ma mère avant sa révolution et ses propres accessoires qu'elle portait en bandoulière.

J'étais sidérée. Ce sac était donc un véritable ami. Même loin d'elle, il avait continué de vivre, de vieillir et finalement de mourir avec elle. L'image de sa vie rangée, même cachée au fond d'un placard, était déchiquetée comme la fin de sa vie. Seul le fermoir brillait, intact.

Je l'ai gardé un certain temps comme ça, ne sachant plus ce que j'attendais de lui. Puis le séquestrer près de moi dans cet état moribond m'a déprimée.

Je me suis alors décidée, un peu honteuse, à me rendre chez Hermès. Il devait être irréparable, mais ce n'était pas n'importe quel sac après tout, c'était celui de Sonia Rykiel, et j'étais certaine que les ateliers de la maison auraient à cœur de le restaurer. J'étais prête à y mettre le prix.

Je l'ai donc apporté rue du Faubourg Saint-Honoré. En grandes pompes, j'ai pris rendez-vous avec le directeur de leur service réparation. Je me suis annoncée et j'ai été très bien reçue. J'ai déposé le sac sur un plateau de velours, le directeur qui portait des gants blancs l'a manipulé délicatement. Je me suis excusée de l'état dans lequel il se trouvait, j'ai expliqué à quel point il m'était précieux et, pour me faire plaisir, en mémoire de ma mère, ils l'ont directement confié aux artisans les plus expérimentés de leurs ateliers. Cela prendrait du temps, ce serait cher probablement, mais c'était le sac de Sonia Rykiel et ils mettraient tout en œuvre pour me le rendre dans le meilleur état possible…

Ce fut rapide, beaucoup plus rapide que prévu. Une semaine plus tard, je recevais une lettre signée du directeur des ateliers de la Maison Hermès.

Chère Madame Rykiel… Il était désolé, il ne pouvait prendre en charge la réparation. Après vérification dans leurs registres, le sac de ma mère n'était pas répertorié. Pas authentifié. Pas un vrai.

Le Kelly de ma mère était une copie.

Elle racontait des histoires, c'est vrai.

Rien n'était faux, mais tout n'était pas exact. Ses parents étaient des bourgeois intellectuels. Sa mère une littéraire. Elle avait signé le manifeste des 343 salopes. Elle était slave, sa vie était une légende. Russe, plus que roumaine. Rousse, une vraie.

Mes bijoux de Famille

Des bijoux de famille ? Si je n'en avais pas, je crois que je m'en inventerais. Les miens sont des perles de pacotille, des diamants étincelants, des cailloux blessants aussi. Mémoire tatouée au corps, tendre fardeau dont je ne peux ni ne veux me défaire.

Maillon. Chaîne qui enchaîne. Cocon qui protège. Sang qui soigne. Lignée de solidarité. Cordon qui entoure, cordon qui étouffe. Armure, quelquefois blessante. Noyau qu'on avale, ou pas. Tribu qui tue, parfois. ONG sentimentale, toujours. Pas sans rivalité, pas sans vous juger. C'est d'elle que viennent les attaques les plus violentes car les plus inattendues, les plus douloureuses car les plus intimes.

Mes bijoux de famille, j'y tiens. Je leur ai trouvé une place au coffre, et ils y sont bien.

Je compte jusqu'à cinq. Pas besoin de compter. Juste penser. Cinq. Une image apparaît. Une main. Puissante, elle serre, elle prend, elle donne, elle signe, elle décide. Les doigts, séparés et inséparables. Leur complémentarité, leur solidarité et leur certitude de ne jamais connaître la solitude. Garantie à vie.

Ma famille maternelle s'est élevée avec cette force. Cinq.

Mon grand-père était roumain. Il était horloger. Un homme de bon sens, bienveillant, placide. Un taiseux, Alfred Flis. Au bord de la mère, légèrement en retrait de la vague bruyante de cette troupe de femmes, il n'ouvrait la bouche qu'en cas de nécessité et toujours à voix basse, sa technique pour forcer les autres à se taire et mieux se faire entendre.

Ma grand-mère Fanny était russe. Joyeuse, légère, volubile, chantante. Elle élevait ses filles et quand elle avait un peu de temps, elle se plongeait dans des romans et surtout des biographies.

Ma mère adorait sa famille. Si elle ne partageait pas une immense complicité avec ses parents, elle savourait sa place d'aînée, remplissant parfaitement son rôle, guidant et protégeant la sororie. Il lui arrivait peut-être d'abuser de son statut, mais toutes l'acceptaient parce que son tempérament, sa personnalité, son autorité naturelle étaient incontestables. À cette affection s'est ajoutée plus tard l'admiration pour son talent, sa réussite et sa célébrité. Cette puissance, elle n'y a jamais renoncé.

À chaque naissance après celle de Sonia, la légende familiale raconte que le père et la mère amusés, puis dépités, s'exclamaient en chœur : Encore une ! Arrive la seconde et son statut de petite. Pas pour longtemps. Voici la troisième. Celle du milieu a-t-elle un rôle, maintenir l'équilibre par exemple ? La quatrième qu'on n'attendait pas, née en pleine guerre, quelle est sa place ? Et la dernière, toujours pas le garçon espéré, à quoi sert-elle ?

Vaine Tentative de classement des filles Flis

1. Les deux rousses, les deux brunes et la blonde.
2. L'aînée et les quatre suivantes.
3. Les trois grandes et les deux petites.
4. Les artistiques (un, deux, quatre) et les cérébrales (trois, cinq).

On les appelait les sœurs Rykiel. Les sœurs Flis étaient devenues, notoriété oblige, les sœurs Rykiel, comme si elles avaient toutes épousé mon père. Ça leur plaisait et je suppose que ça les agaçait aussi. C'est vrai qu'elles étaient fières de leur aînée. Et que la célébrité de Sonia a facilité la vie de toute la famille. Ses relations, elle les mettait au profit de toutes. Moi ce qui m'énervait, c'est quand Muriel se réservait une table au restaurant au nom de Rykiel. Ça m'énervait aussi quand on lui demandait si elle était la fille de Sonia Rykiel et qu'elle répondait d'une petite voix, avec un regret et un sourire de remerciement : « Non, sa sœur. » Et ça continuait de m'énerver quand on lui disait : « Pourtant vous lui ressemblez tellement. »

Muriel. Je n'ai pas eu de sœur, j'ai eu pire, une fausse sœur. Pas une demi-sœur, pas la moitié d'une sœur, pas une sœur adoptive, pas une sœur de cœur. Non, une fausse sœur. Et ce n'est pas toujours quelqu'un qui voudrait être votre sœur. Dans mon cas, c'est quelqu'un qui voulait être la fille de ma mère. La fille de sa sœur.
 Ça aurait pu coller. Elles avaient dix-huit ans d'écart.
 Jeunes mariés Sonia et Sam veulent fonder une famille. Parfois, ça arrange ma grand-mère, ils « empruntent » Muriel le temps d'une sortie ou d'un week-end. Elle les adore : ils sont plus jeunes, plus drôles, plus attentifs que ses parents. Elle feint d'être leur fille, elle en rêve, et je la comprends.
 Un an plus tard le bébé qui arrive inonde mes parents de joie. Muriel n'a pas d'autre choix que d'accepter ma naissance, et sa place à elle dans sa famille.
 « Il a suffi que tu apparaisses pour que je disparaisse », m'a-t-elle dit l'autre jour.
 L'autre jour, c'était soixante ans plus tard.

Ça pourrait être l'histoire de notre vie. Ça l'est. Nous n'aurons pas d'autre vie ma fausse sœur et moi. Tantôt amies, tantôt ennemies, question de survie pour chacune. Exister, ne pas disparaître, l'une effacerait-elle l'autre ? Cette maladresse initiale s'est incrustée entre nous. Et quand ma mère est morte, me demandez-vous, ça n'a rien arrangé ? Au contraire, on ne s'est pas parlé pendant plusieurs années. Puis retrouvées.

Serons-nous toutes les deux esclaves de ce réflexe pavlovien jusqu'à la fin ? Elle veut ma place, que je m'efface, révise son bac avec mon père, téléphone à ma mère tous les matins, arrête ses études pour travailler avec elle (ça n'a pas duré), séduit mes amis pour se greffer sur ma vie...

Et moi toujours vigilante, toujours prête à me défendre (elle était toute petite ma place, je n'avais que cet endroit-là auprès de ma mère).

Et ma mère qui laisse faire, qui ne dit pas simplement : « Tu es ma sœur, pas ma fille. » Ma mère nombril du monde, agacée mais jouissant aussi de cette rivalité, ne fait rien pour l'apaiser.

C'est ça, le genre d'amour et de dégâts que suscitait Sonia. On se battait pour elle. Et elle aimait ça.

Pourtant c'est bien Muriel qui m'a proposé son appartement pour rejoindre discrètement mon amant, et qui m'a présenté mon premier éditeur, puis le second. Elle me téléphonait tous les jours et m'encourageait à aller nager quand je ne pouvais plus bouger. « Va te baigner dans la mer froide et prends des longues douches très chaudes, ça ira. Je te rappelle demain. » Et, quand c'est elle qui ne va pas, c'est moi qu'elle sollicite. Je l'accompagne. J'irai où elle voudra si elle a besoin de moi, ça me plaît qu'elle me demande conseil, ça me touche de lui être utile.

Elle n'a pas de secrets, jamais... mais c'est à moi seule qu'elle les confie.

La sœur de ma mère est un peu devenue la mienne. Un peu seulement. Essentielle.

C'est d'elles cinq que vient la joie, ma joie vient de là. De là que vient ma force quand je suis forte, et ma gaîté aussi. Je suis joyeuse vous savez. Je me sentais en sécurité dans cette solidarité. Protégée par leur bienveillance. Et je leur dois mon sentiment d'appartenance. Ce lien indéfectible entre ma mère et ses quatre sœurs m'a offert la certitude que je n'étais pas seule au monde.

Et la beauté dans tout ça ?

Quand elles étaient ensemble, ça sentait la femme partout, ça s'entendait, ça se voyait de loin. Pas la frivolité ni la rivalité, non... L'intelligence, le goût, la compétence. Elles n'avaient pas besoin d'en rajouter.

Sonia. Le grand écart entre garçon manqué et femme fatale, peut-être la moins belle, mais la plus incroyable, la plus remarquable. Minimum d'artifices pour se parer, ni massages, ni crèmes. Déteste aller chez le coiffeur, s'habille de ses vêtements uniformes, sa bague de fiançailles au doigt, son semainier en or au poignet, rien d'autre pour exacerber une sensualité déjà explosive qu'elle tente plutôt de calmer. Talons hauts et compensés.

Jeanine. L'apparence sage d'une femme enfant, d'une femme douce, sans danger, et pourtant… Dissimule sa volonté sous les frous-frous des tutus, dans des bocaux de bonbons, de dragées, de guimauves. Force de celle qui fait ce qu'elle veut, ce qu'elle a décidé. Ferme. Conciliante, mais ferme. N'élève jamais la voix. Souriante. Gourmande. Coquette. La seule à se teindre les cheveux. Blonde, elle se préfère, on la voit mieux. Queue-de-cheval ou chignon, cheveux tirés de toute façon. Pull et jupe, ballerines.

Françoise. Traits réguliers, visage fin. Voix douce. Personnalité discrète, sérieuse. La plus intellectuelle. La plus jolie peut-être. Mélancolique. Raffinée. Le goût des bijoux anciens, des bagues. Halo de cheveux préraphaélite. Talons, 2 cm.

Danièle. Exubérante. Joyeuse. Maternelle sans être mère. Généreuse. Enthousiaste. Charmeuse. La plus fantasque, la plus gourmande. La plus bohème. Un air d'actrice italienne. Rêveuse aussi. Talons, 4 cm.

Muriel. Impeccable. Courageuse. Volontaire. Maîtrisée. Curieuse. Maligne. Séductrice. Ambitieuse. Rousse. Manucure, sport, aucun laisser-aller. De la tenue en toutes choses. Secrète.

Observatrice. Les chaussures, je ne sais plus. Drôlement belle quand même, j'avoue.

La beauté des sœurs ne m'a jamais traversé l'esprit, ni de les comparer comme je viens de le faire. On ne détaille pas nos proches. On pense les connaître et ce qu'on éprouve avant tout pour eux, c'est le ressenti familier de leur présence et de leur absence.
Belles les cinq, et toutes différentes. Seule Muriel, à sa grande satisfaction et à mon désarroi, ressemble à Sonia.

la classe des apparences

On remarque d'abord Jean-Philippe. La démarche hésitante, les mains en avant qui anticipent les obstacles, le visage en l'air qui sent les odeurs et guette les bruits, à l'affût de tous les signaux que ses sens peuvent capter pour le renseigner sur le monde. Immédiatement après, ou en surimpression, ma mère. Sa rousseur, sa démarche de reine, son excentricité, son allure, son élégance. Mon père enfin, plus corpulent, redoublant de vigilance avec mon frère, soucieux de lui apprendre à se débrouiller, lui parlant sans arrêt, lui décrivant tout, ne le lâchant jamais. Nous voilà, dans un petit film que j'ai récupéré, une balade aux puces de Saint-Ouen, un dimanche. Un homme admirable, une femme spectaculaire, un petit garçon handicapé, insolite et émouvant. Et je suis là, avec eux, je n'ai rien de particulier. Je les filme. Ma mère, mon père et mon frère, je les adore.

Mon frère est blond roux, couvert de taches de rousseur, fluet et diaphane comme ma mère. Les fragiles, les artistes.

Moi je suis comme mon père. Nous sommes bruns, la peau mate et les yeux marron. Les costauds, les forts, les intellos.

Jean-Philippe tient de ma mère et je suis le portrait de mon père.

J'avais bien compris et je l'avais même admis que cette forme de visage, cette exigence, cette volonté d'avoir raison, cette addiction au perfectionnisme, cette insatisfaction, cette sincérité un peu naïve, ce besoin d'être aimée… ces fesses plates aussi, c'était lui. Tout ça vient de lui.

Quand s'est révélée cette autorité naturelle, quand est apparu ce mouvement de la main dans les cheveux… Quand je me suis vue ne pas reconnaître les gens mais faire semblant, quand ont affleuré cette excentricité, ce goût du pouvoir, cette mauvaise foi parfois, ce besoin de plaire… C'était elle, ça vient d'elle. Et puis quelqu'un s'approche et vous dit que votre voix ressemble à la sienne.

Dans l'opulence et le foutoir de ces signes particuliers, tout s'emmêle : ce qu'on a détesté, admiré, ce contre quoi ou avec quoi on s'est construit. Je suis chez moi dans cette caverne de l'hérédité. C'est comme ça. Je n'y suis pour rien. Ça m'a rattrapée et ça ne me déplaît pas.

Quand mon père était amer, quand quelque chose lui déplaisait, il s'adressait à moi en employant le pronom vous. Il me regardait et il commençait son discours par : « Vous »… Sous-entendu (en son absence) ma mère et moi. « Vous ceci, vous cela. » « Vous », les femmes, les emmerdeuses, le clan adverse. C'était injuste et ça me rendait triste. Il en voulait à ma mère de tellement de choses, et je n'avais rien à voir là-dedans.

La vie a montré que ce n'était pas faux, ma mère et moi sommes devenues « Vous ».

Et la vie a aussi montré autre chose... Que les plus forts, les plus durs, les plus résistants étaient, contrairement aux apparences, ma mère et mon frère. Mon père et moi étions beaucoup plus fragiles, et ça ne se voyait pas.

Oui, je suis plus fragile que mon frère. Je suis pourtant son aînée de cinq ans. Je me suis mariée plusieurs fois, j'ai fondé une famille, j'ai dirigé une affaire internationale de quatre cents personnes. Il semble que j'incarne une force, une puissance, une autorité, un courage.

Lui, c'est le petit prince. Depuis l'enfance. Ma mère l'appelait ainsi et ça convenait à tout le monde, ce sobriquet poétique et réparateur. En Afrique, ses proches, épatés par sa force et son talent, le surnomment le Lion. Il ne voit pas. Il est célibataire, il est musicien, il vit entouré d'amis. Il incarne l'indépendance, le talent, la générosité et aussi le handicap.

On en a pris plein la gueule tous les deux, mais lui n'est responsable de rien, on ne lui en veut pas. Ça ne lui plaît pas spécialement, pourtant c'est comme ça.

Tout porte à croire que je le protège et non l'inverse. Je veille sur lui, c'est vrai. Mais en réalité, il est beaucoup plus fort que moi. Beaucoup plus libre, plus débrouillard, plus solide, moins anxieux. Plus heureux même, peut-être.

« L'œil était dans la tombe et regardait Caïn. »
Victor Hugo

Je cherche l'amour, le grand amour. Depuis toujours, c'est mon sujet. Je cours après l'amour. Enfant déjà, peut-être. Adolescente, la course devient douleur et la quête une lamentation… Ça ne m'est jamais arrivé, ça ne m'arrivera pas. J'en suis certaine. Quoi ? Que l'amour, ça n'est pas pour moi. J'en suis persuadée, alors, ne vous moquez pas.

Chez moi, rien n'est jamais comme les autres. Ça m'isole. Ma mère est singulière, mon frère différent et même mes seins, paresseux, pousseront après ceux des autres filles. Au lycée, les copines (je n'ai pas d'amie) flirtent et certaines, les plus populaires, couchent.

Pas de seins, pas de flirts, pas de sexe. Pas d'amis. Je ne plais pas. Je ne sais pas pourquoi.

Je dois être différente. Ne rigolez pas s'il vous plaît, j'en suis convaincue. Entre treize et vingt ans, je perds espoir. Solitude, cafard. Je m'apitoie et fais ce que je sais faire, mon cinéma. Ma vie, voyez-vous, sera une tragédie... ou une comédie. Soyez gentils. Déjà, de vous confier ça... N'en profitez pas. Ne m'accablez pas.

La première fois que j'embrasse un garçon, c'est pendant les vacances scolaires de Pâques. Mes parents m'ont envoyée en Angleterre. J'ai treize ans et demi. Les participants sont hébergés dans des familles où l'on ne parle pas un mot de français. Dans la journée, les adolescents se retrouvent dans un centre avec cours et activités pour perfectionner leur anglais, c'est le but. Tout ça dans un petit village, une banlieue plutôt, le Sussex, je ne sais pas si vous voyez... Ces maisonnettes identiques, côte à côte, avec leur petit jardin devant, le gazon, la tondeuse, comme celle du voisin, et rien qui dépasse. C'est le printemps et même quand le soleil pointe un rayon, il fait froid « Chilly, isn'it ? », ou il pleut « Rainy today, dear » et le brouillard tombe vers 17 heures « Foggy, be careful ». Immergée dans une Angleterre glauque qui n'a rien à voir avec Londres, Carnaby Street, les Beatles, la Reine, les excentricités que mes parents m'ont vendues. Une Angleterre conventionnelle et mesquine. Mes hôtes sont âgés. Je dors dans la chambre de leur enfant (un garçon, je ne sais pas où il est, ils n'en parlent pas). Le matin, à la table du petit déjeuner je dois ingurgiter les tartines dégueulasses, dégoulinantes de gelée, qu'ils m'ont préparées à l'avance. Un jour, en retard, je leur dis que je mangerai en marchant, je m'éloigne et deux rues plus loin, jette ma tartine dans la rue. Bien élevée, tout est si propret, je prends soin de la dissimuler dans l'enveloppe d'une lettre que ma mère vient de m'envoyer. Le soir, au dîner, dans mon assiette, gît la tartine gélifiée que des voisins ont gentiment rapportée à l'adresse indiquée. Je voudrais disparaître, rentrer chez moi… Impossible.

Dans le groupe des Français, un garçon me plaît, il plaît à toutes les filles. Certains soirs, des boums sont organisées et il collectionne les flirts. Je commence à rêver de ce garçon. Il s'appelle Laurent, je rêve de l'embrasser. Embrasser, cette normalité. Je veux être comme les autres, je n'aspire qu'à ce cliché, qu'à cette médiocrité, et tout s'arrangera, je pense. Je ne sais pas embrasser, je ne l'ai jamais fait – dans quel sens faut-il tourner la langue –, je me sens tellement gourde, j'ai honte. Je demande quand même conseil. « Avec la langue on fait comment ? » Les filles sont gentilles, elles m'expliquent.

Un soir, miracle, Laurent s'approche. Il m'invite à danser et dès le premier slow, il m'embrasse. Il reste toute la soirée avec moi, il est adorable. Je retourne dans ma famille. Je suis au Paradis, je me couche, je m'endors, j'adore l'Angleterre. Le lendemain matin, la tartine est délicieuse, il fait beau, je pars prendre mes cours, ma vie a changé, je suis heureuse, j'ai un petit ami. Une fois au centre, je le cherche. Il est là. Mais il ne me regarde pas, il ne me parle pas. Ses copains rigolent. Ses copines aussi.

Je l'ai mordu leur a raconté Laurent. Et de honte, ce jour-là, j'ai mouru.

Trois ans plus tard, quand je couche pour la première fois avec un garçon, j'en suis au même point. Pratiquement le même scénario. D'abord, je suis foudroyée. Il est en terminale au lycée, moi en première. Je me suis procuré son emploi du temps, je l'espionne. Il ne m'a pas vue, il ne me remarque pas. Obsédée, toute seule dans mon obsession.

L'année suivante, Marco redouble. Génial, il est encore au lycée. Encore plus beau. C'est tout à fait mon type d'homme, évanescent, ailleurs, absent. Je ne vois que lui, je suis obnubilée par lui. Marco a un frère aîné, un ancien du lycée, drôle, sympathique, attentionné, à qui je plais beaucoup, qui me fait comprendre qu'il vaut dix fois mieux que son frère (c'est vrai). Ça devient embarrassant, alors j'en fais mon confident. À la longue, Marco, flatté ou lassé, se rend et devient plus ou moins mon petit ami. Je prends le peu d'attention dont il m'entoure pour de l'amour et je décide de prendre la pilule. Quand Noël arrive, je suis prête. Il ne m'avait rien demandé, ou alors très vaguement et sans insister. Le 25 décembre, je me réveille dans leur maison de campagne, je ne suis plus vierge. Nous avons dormi dans la chambre de ses parents et les draps baignent dans mon sang. Lui n'est plus là. C'est son frère qui les lave avec moi, qui me console aussi. Le lendemain, quand je demande des explications à Marco, il dit simplement : « On se lasse des meilleures choses. »

Ensuite... il y a cet homosexuel célèbre plus âgé qui me traite en princesse. Et si c'était mon destin, d'épouser un prince charmant. Je le vois peu, et chaque fois que je passe sous ses fenêtres, je saigne du nez, ça ne doit pas être ça. Il y a un musicien, futur rock-star peut-être, mais je ne suis pas son genre, il préfère les grandes Suédoises blondes. Il y a le DJ d'une boîte de nuit rencontré en Bretagne qui me jure qu'il choisit la programmation pour moi, puis il disparaît...

Je tombe amoureuse, follement parfois, bêtement toujours, de ces hommes fragiles, indécis ou sentimentalement autistes (je suis en terrain connu, chez moi, la puissance et la force sont incarnées par les femmes).

Face à ce cortège d'histoires qui n'en sont pas je me convaincs donc que c'est comme ça, que ça sera toujours comme ça, que je ne séduirai jamais. Il suffit qu'un homme me plaise physiquement pour que je parte en vrille. Mais ces hommes que je convoite, je n'essaye pas de savoir qui ils sont, ni ce qu'ils veulent. Est-ce que je sais seulement ce que je veux... à part être aimée. Ce que je cherche... à part un regard aimant. Sûrement celui de mon père, jamais fier de moi... Même pas sûre qu'il m'aime.

Lorsque je me confie à ma mère, elle a cette phrase soi-disant consolatrice : « Tu plairas. Sois patiente, tu n'es pas faite pour les jeunes, plutôt pour les hommes mûrs. Plus tard, les hommes seront fous de toi. » J'ai seize, dix-sept, dix-huit ans, dix-neuf ans. Plus tard ? Autant dire jamais. Je veux vivre. Pourquoi attendre ?

Quand il meurt, je n'ai que vingt ans. Il est encore temps.

Mon père. Quand il meurt. Je n'ai que vingt ans. Je l'enterre. Son œil, dans la tombe, me regarde enfin. Éternellement.

Mon père claque une nuit. La porte reste grande ouverte. Trois mois après, pas un jour de plus, un homme entre. Il est beau. Il me regarde. Il me voit. Et il me peint.

Grâce à toi. Je te le dis ici, je pense l'avoir fait, mais je n'en suis pas certaine. Sans toi Danièle, la quatrième sœur de ma mère, que serais-je devenue pendant ces années mélancoliques ?

Costumière dans le cinéma, tu décides de rejoindre ma mère pour diriger le département accessoires de la marque Rykiel. Totalement autodidacte, armée seulement de ton goût, de ta fantaisie et de ta complicité avec Sonia, tu seras à l'origine de nos plus grands succès en maroquinerie.

Tu n'es pas ambitieuse, contrairement à tes sœurs. Ta seule ambition dans la vie, c'est d'écrire. Tu peins aussi.

Tes sœurs sont d'excellentes hôtesses, chacune avec son terrain de prédilection et sa réputation. Sonia est la reine indiscutable des tartes aux raisins et de la mousse au chocolat. Françoise, avant l'heure du végétarien, compose des plats délicieux à base de riz complet, de céréales, de fruits secs. Muriel aime recevoir mais cuisine peu. Pour toi, Danièle, tout est jouissance. Aller au marché, choisir les ingrédients, cuisiner, dresser une belle table avec de la jolie vaisselle, tu as ce goût des belles et des bonnes choses.

Tu as aimé, tu as été aimée. Tu es celle qui ne s'est pas mariée, qui n'a pas eu d'enfants. Tu aurais pu en concevoir de la jalousie ou de l'amertume. C'est tout le contraire, tu es disponible, bienveillante et généreuse avec la smala de tes neveux et nièces.

Quand tu évoques ta bohème de jeune fille, tellement opposée à la mienne… et que je t'imagine, nonchalante, rêveuse, tranquille, tout ce que je ne suis pas, allongée sur ton lit, avenue des Ternes, la fenêtre entrebâillée, un rayon de soleil accroché à ta guitare, un livre ouvert, la radio allumée… Ta curiosité et ton insouciance me font du bien, moi que tout rétrécit, que tout inquiète.

Tu es ma confidente – je me plains de tout, même de mes parents, tu ne répètes rien. Ma protectrice – c'est toi que j'appelle, le soir où cet amant de ma mère sonne sans discontinuer à la porte de l'appartement pour qu'elle ouvre. Il a une arme, il l'a montrée par l'œilleton. Je suis terrorisée, ma mère aussi. Aussitôt tu arrives, tu le fais partir. Ma formatrice – tu m'apprends la différence entre ail et oignon, j'ai dix ou onze ans, tu te moques bien de moi. Mon initiatrice – les brocantes… c'est avec toi que chiner est devenu une passion. Mon inspiratrice – ton œil est très sûr, ton goût, plus bohème et hétéroclite que celui, indiscutable et catégorique, de ma mère. Grâce à vos deux influences s'est constitué le mien.

Tu es ma complice. Je passe t'embrasser au bureau, tu es au téléphone, souvent avec un fabricant. Ça a l'air important, ça va durer des heures, je te connais, tu es bavarde surtout quand tu négocies quelque chose... Je n'attends pas, c'était juste pour un baiser, mais tu me fais signe en souriant de m'asseoir, tu as presque fini. Bon. Il fait terriblement chaud ce jour-là, d'où vient ce bruit de clapotis greffé sur ta voix ? Je suis prise d'un tel fou rire qu'il déclenche le tien, et tu es forcée de raccrocher. Par terre, sur l'élégante moquette frappée du logo Rykiel, une bassine d'eau fraîche ; dedans, tes pieds nus font trempette.

Mais surtout, surtout, tu es ma consolatrice. Toi avec qui je parle de Truffaut, Eustache, Hitchcock. Toi si enthousiaste à l'idée que je me destine à la mise en scène de cinéma, quand je t'annonce que je renonce à rejoindre l'IDHEC[1], contrairement à mon père qui m'accable, tu n'es pas déçue, ou tu ne me le montres pas.

Toi, Danièle, tu me prenais comme j'étais, tu ne me jugeais pas, tu m'offrais simplement cet endroit à nous où je respirais une liberté et une légèreté inconnues qui chassaient le cafard que j'avais ventousé au corps.

Je suis triste en pensant à toi qui habites à cent mètres de chez moi et qu'aujourd'hui je vois moins. Toi à qui j'envoie un baiser chaque fois

---

1. Institut des hautes études cinématographiques.

que je traverse le carrefour de la Croix-Rouge, plusieurs fois par semaine, et qui ne le sais pas, je ne te le dis pas que je t'envoie des baisers de gratitude au-dessus du Centaure, levant la tête vers ton balcon au troisième étage, regardant si la fenêtre est ouverte et si tes plantes sourient. Tu ne sais pas que je te remercie de m'avoir maintenue vivante toutes ces années. Ce n'est pas triste, non, de constater que la proximité ne dure pas, si l'amour est intact.

À vingt ans, je la saoulais ma tante comme parfois elle me saoule aujourd'hui. À l'époque, c'est moi qui radote et l'épuise avec mon désespoir sentimental. Lassée probablement, elle en parle un jour à son amie Denise, une excentrique charmante, qui, tu ne le croiras jamais, a un neveu « génial » « et libre » ! Un peu « spécial », artiste peintre, sublime, intelligent, bourré de charme, de talent et, cerise sur le gâteau, le rebelle de leur famille bourgeoise. Denise qui aime se qualifier elle-même de rebelle apprécie beaucoup son neveu et les deux tantines arrangent aussitôt un déjeuner à quatre auquel je me rends en connaissance de cause. Lui aussi.

Je n'ai aucun souvenir de ce déjeuner. Dans quel restaurant ? Je ne sais plus. Je n'ai rien vu non plus de la force et de la virilité qui émanent de Pierre. Peut-être parce qu'elles me font peur et que j'essaye de m'en protéger. De toute façon, que sais-je de la virilité d'un homme ? De sa stupéfiante beauté non plus, je n'ai rien vu. Si on me demande, c'est confus… il m'a semblé « pas mal ». De sa sensualité, de son charme, de son intelligence, rien ne m'a pénétrée, ni même effleurée. De peur, je m'étais mise en sommeil. Après ce déjeuner, j'ai filé me mettre à l'abri chez ma mère. Sans nouvelles des tantes, sans nouvelles de lui. Soulagée que ce soit fait. Vers 18 heures, mes démons reviennent, je m'inquiète de savoir s'il se manifestera. Je dîne, certaine que c'est foutu, encore un à qui je n'ai pas plu. Vers 21 heures, il téléphone et m'invite à passer le voir dans son atelier. D'accord, quand ? Il répond : Maintenant. J'emprunte la voiture de ma mère, je précise que je serai rentrée avant minuit.

Je suis terrifiée. Mais j'ai toujours eu ce truc bizarre, avec la peur… ça ne m'empêche pas. Au contraire, on dirait que c'est seulement quand j'ai vraiment très peur que je trouve la force de me lancer. Ce n'est pas agréable, c'est une peur panique, frissons, vertiges, mais à elle j'obéis.

Lorsque j'ai épuisé toutes mes ressources, que je n'ai plus rien à perdre, je me dis, je ne vais quand même pas mourir sans avoir tout tenté, et là, je me jette. Dissimulés, empilés sous des couches de peur, il y a cette volonté, ce courage, ce désir, qui me forcent à ne pas renoncer. Je connais leur cachette et, grâce à eux, j'ai tout de même fait quelque chose de ma vie. C'est récurrent, dans les affaires, les amours, les épreuves. Ils sont là pour moi.

Ce soir-là, j'ai très peur d'aller chez Pierre. J'y vais. Six étages sans ascenseur, deux chambres de bonnes transformées en atelier, un lit, du coco au sol, des tableaux, des dessins partout, un minuscule coin cuisine, les toilettes à l'étage.

Je me pose sur le lit, il n'y a pas d'autre endroit où s'asseoir. Il s'y installe aussi mais pas trop près de moi, heureusement. Nous parlons longtemps. Très tard, il me demande s'il peut faire mon portrait. Si je veux bien relever mes cheveux. Je relève mes cheveux. Je lui demande pourquoi il sourit, et il me répond : « Tes oreilles sont magnifiques. »

Avec Pierre, j'avais enfin trouvé l'amour.

Je n'avais jamais connu ça, je ne savais même pas que ça existait. Aimantés, sans pouvoir se séparer. Il m'a dessinée toute la nuit, il voulait que tout le monde me connaisse, ses amis, même ses parents avec qui il avait une relation conflictuelle. Je remplissais toutes les cases, je plaisais aux bourgeois et aux marginaux, je lui plaisais et il n'avait jamais été aussi heureux. Deux jours plus tard, j'ai rapporté la voiture à ma mère avec lui, ils se sont adorés. Deux grands séducteurs, deux artistes. Il est fasciné par elle, sa folie, son excentricité. Elle le trouve beau comme un dieu (je n'avais pas encore remarqué à quel point), intelligent, talentueux (très talentueux). Sa fille est transformée. Ses parents à lui, conventionnels et bourgeois, n'auraient jamais imaginé leur fils fou amoureux d'une femme qui soit tellement leur genre.

Notre premier week-end, nous sommes partis dans la maison de campagne de Danièle à Léouville dans le Loiret… On aurait dit un voyage de noces, un rite initiatique de l'amour. Elle avait décapoté sa Coccinelle, et nous a suggéré de nous installer à l'arrière. Je lui ai rétorqué : « Tout de même, tu n'es pas chauffeur. » Elle a insisté : « Vous serez mieux. » C'était la nuit, il faisait chaud. Jamais je n'oublierai ces deux heures de route à regarder les étoiles, allongée sur les genoux de Pierre qui me caressait les cheveux.

Je suis devenue sa muse, son unique modèle, et puis sa femme. Nous nous sommes mariés. Avant, lors du dîner de fiançailles chez ses parents, devant toute la famille, Pierre m'a offert le diamant solitaire de sa mère (la mienne m'a dit : « Je pense que tu peux remercier ta belle-mère Nathalie », je me suis levée de table et j'ai embrassé Rachel). Je ne savais rien de ce qu'il convenait de faire, et lui non plus, je pense. Nous étions des enfants et nous étions très heureux.

Ça a duré cinq ans – il m'a tuée.

Il m'a consacré une exposition à Amsterdam. Et quantité de portraits. Je posais pour lui des nuits entières. Je rentrais du travail, j'avais fait les courses, on dînait, et je posais. Pour tenir, on prenait de la cocaïne. Il n'était jamais content, toujours révolté de tout, pas d'argent, pas de reconnaissance. Il ne faisait aucune concession, il n'y arrivait pas et cette frustration permanente, cette exigence, cette souffrance, est devenue intenable.

Dans notre maison du XVe arrondissement, nous avons vécu un moment avec un ami. Un beau gosse, plus jeune que nous, fasciné par Pierre. Par moi aussi, mais moins. Adorable, gai, charmant, un peu enfantin. Un jour, pour faire plaisir à Pierre, j'ai couché avec eux deux et une autre femme. Dans notre lit. Je l'ai fait pour lui, je n'en avais pas envie. Je n'ai pas supporté le plaisir bruyant de cette femme quand Pierre l'a pénétrée, ni ce simulacre d'amour libre quand elle m'a caressée. Elle en faisait des tonnes avec ses soupirs, elle me dégoûtait. Je n'ai rien aimé de tout cela, je ne voulais pas non plus faire l'amour avec Laurent, je l'ai fait parce qu'il me le demandait. Je n'ai pas refusé, je n'ai rien imaginé d'autre. Je n'ai pas essayé de dire : « Non, Pierre, je n'ai pas envie. » C'était plus simple de lui faire plaisir.

Un jour, le ciel m'est tombé sur la tête. Il me trompait. Pas une fois, pas deux. Beaucoup plus, et peut-être même depuis le début. Je l'ai appris par hasard, je ne m'en doutais vraiment pas. Il couchait « avec tout ce qui bouge » et dans ce qui bougeait certaines étaient des femmes très proches, des copines, des amies, la salope qu'il avait baisée à côté de moi. Dans notre lit.

Je m'étais mariée pour la vie. Je suis partie. Où ? Chez ma mère. Il venait dans l'immeuble, il attendait, en bas, dans l'entrée, agenouillé ou assis sur les marches. Il écrivait, téléphonait, me suppliait. Pendant deux mois, j'ai refusé de le voir, de lui parler. Il m'avait trahie. Mais il me manquait.

Il me jurait qu'il n'aimait que moi. Nous avons recommencé. Nous avons même déménagé. J'ai essayé, seulement, c'était foutu, je n'avais plus confiance en lui, je n'y croyais plus. Un an plus tard, je ne supportais même plus qu'il me touche, et un matin je lui ai dit que c'était fini. Il a pleuré et n'a pas insisté. Deux enfants tristes enterraient leur premier grand amour.

Quelques années plus tard, amoureuse, j'attends mon premier enfant quand Pierre me contacte. Ses parents exigent de leur fils un divorce religieux. Pourquoi ? Aucune idée. Je ne veux pas, je m'en fiche, à quoi ça rime ? Pierre s'en moque aussi mais ses parents lui font du chantage. Je m'informe auprès d'amis pratiquants (ni mes proches, ni ma mère ne le sont et n'ont d'avis sur la question). Selon la loi juive, si je ne divorce pas religieusement, l'enfant que je porte ou d'autres à venir seront considérés comme des « bâtards ». Je subis des pressions d'une partie éloignée de la famille qui habite en Israël. De son côté, Pierre insiste. Ça devient oppressant.

Pourquoi assombrir mon bonheur... je suis divorcée, libre, heureuse et enceinte. Je ne veux aucun nuage. Pour me débarrasser, j'accepte.

Le divorce religieux, avec un rabbin, ce n'est pas compliqué, c'est même rapide. La femme se rend à la synagogue, la tête couverte d'un foulard, elle se tourne face au mur afin de ne pas croiser le regard des hommes, et le mari (pas fier, Pierre) répète en hébreu puis en français les paroles du rabbin. Traduction : il vous répudie.

C'est extrêmement insultant. Comme si on m'avait recouverte de merde. J'étais enceinte de sept mois. Quand tout a été terminé, je me suis retournée. Le rabbin m'a regardée. Il a pointé un doigt menaçant vers mon ventre. Et il a lancé, j'entends encore parfaitement le son de sa voix : « De toute façon, ton enfant sera un mamzaire[1]. »

Trahie, au moment même où j'allais donner la vie…

---
1. Bâtard.

Aimer, c'est vivre

Ti voglio bene. N'est-ce pas la plus jolie façon de le dire ? Je te veux du bien.

Combien de fois ai-je dit « Je t'aime » ? Beaucoup, et c'est tant mieux. Tant mieux parce que chaque fois que je l'ai dit, je l'ai pensé. Dans mon cœur et dans ma chair. Dans mon regard. Dans mes actes. Et aimer vous emporte dans une autre dimension. Où l'autre compte non pas plus, mais autant que vous-même. La vie prend alors un nouveau sens, et faire du bien à l'autre, c'est se faire du bien à soi.

Aimer, c'est une présence. Une proximité. Une intimité. Une étrangeté. Être soi avec un autre, sans se déguiser, c'est une rareté…

Aimer, c'est vivre. Se toucher, se parler, respirer le même air, sentir le souffle de l'autre, son odeur. C'est se promener, aller au cinéma, faire l'amour. C'est dormir ensemble. Se réveiller ensemble. Parler. Rire. Tutoyer l'autre de tous ses sens, dans tous les sens. Prendre soin de l'autre, le voir s'épanouir, se déployer.

C'est se respecter. Se faire confiance. Être fier.

Aimer, c'est une démarche, une allure. C'est une brillance dans les yeux, un sourire sur les lèvres, une couleur sur les joues, une fièvre dans le ventre, une gentillesse au cœur, une arrogance qui rend beau, un éclat, une force.

Aime, et le monde sera à tes pieds.

Avant d'aimer, on devrait... On devrait s'inquiéter de l'enfance. Il faut avoir été suffisamment aimé pour bien aimer en retour. Si, de l'autre, on pouvait savoir cela.

Ça changerait quoi. Se retenir d'aimer, vous avez déjà essayé ?

Cette enfance alors ?

J'aimerais savoir si la maison de Combs-la-Ville était petite ou grande. C'est avec ces mots d'enfant que je m'interroge. Tout semble tellement grand quand on est petit. La maison de ma grand-mère, elle était « bien », elle abritait toute la famille et on y était heureux.

La grande pièce avec sa double porte-fenêtre s'élance vers la terrasse. À l'autre extrémité, le buffet contenant la vaisselle est coincé derrière la table où nous dînons. Au milieu, un canapé de velours vert gansé d'un liseré rouge, encastré entre deux piliers, dépanne comme lit d'enfant. En face, la cheminée. La porte à côté qui s'ouvre à double battant, c'est la chambre de mes grands-parents. On ne voit que le lit (immense) et l'armoire (géante) en merisier dans laquelle tout le linge est soigneusement plié. Sur la droite, une porte presque toujours ouverte sur l'unique salle de bains de la maison (tout est blanc, murs, baignoire, lavabo). Sur la coiffeuse de ma grand-mère, ses fards, sa « tapette » à pommettes pour se donner bonne mine, son rouge à lèvres, sa brosse, son peigne, des épingles à cheveux. Mamie Fanny est toujours levée la première. Pomponnée, elle virevolte de la cuisine à la terrasse, dresse la table du petit déjeuner, bavarde et parade devant filles, gendres et mari, vêtue de sa merveilleuse robe de chambre molletonnée et fleurie.

La maison vous intéresse ? Elle n'est pas à vendre mais j'aurais tout de même dû commencer la visite par la terrasse, parce que c'est sa raison d'être. Toutes les pièces y convergent, inclinées vers elle, en signe de respect, comme des fleurs penchées vers le soleil. Même la cuisine en longueur n'échappe pas à cette emprise avec sa porte vitrée dérobée.

De la terrasse, on admire « la vue ». Ensuite, seulement, on comprend. La vue, c'est l'orgueil, la fierté de ma grand-mère. Chaque jour, même si on reste tout l'été, il est de bon ton de s'extasier, de dire quelque chose comme : Incroyable, cette vue ! Naturellement, tout nouveau visiteur est prévenu : « Dites à Fanny que Sa Vue est splendide, ça lui fera tellement plaisir. »

Même si on ne me l'avait pas dit et répété, je l'aurais remarqué toute seule... La vue est incroyable, sans aucune construction à l'horizon, des aplats de couleurs ocres roux verts jaunes effleurent le bleu du ciel. Parfois, un tracteur se déplace dans les champs de blé et de maïs, on a la certitude alors qu'il ne s'agit pas d'un décor.

Deux tables rondes et leurs chaises en fer forgé blanc sont figées dans l'attente des repas. Aussi nombreux que nous soyons, nous tiendrons autour. Quand c'est à moi de mettre le couvert et que je rapproche les deux tables, un détail me tracasse : deux convives se retrouveront pratiquement dos à dos. Qui asseoir sur ces deux chaises qui se font la gueule ?

Des années plus tard, dans la verrière de sa maison de campagne, ma mère installera sans y penser deux tables rondes qui, accolées, offriront la même contrariété. J'ai omis de mentionner le sur-repos en osier de ma grand-mère. Elle s'y allonge rarement plus de cinq minutes, mais on ne l'abrite qu'en hiver.

Un escalier de pierres mène au jardin et sous la terrasse, le préau abrite pêle-mêle une brouette, des arrosoirs, des outils et nos jouets.

La fille de Jeanine, ma cousine Patricia, est aussi ma complice. Cruelles avec les petits (sa sœur, son frère et mon frère), nous les excluons de nos jeux. On cueille les groseilles et les fraises des bois dans le jardin. Pas les groseilles à maquereaux, c'est interdit, j'ai oublié pourquoi... Ah si, je sais ! On les gardait pour mon grand-père, il n'y en avait pas beaucoup et il adorait ça. On cherche les coccinelles et les trèfles à quatre feuilles, ça porte bonheur. Au fond du jardin, je pousse ma cousine le plus haut possible sur la balançoire, j'adore ses petits cris, son rire, après je la chatouille jusqu'à ce qu'elle implore pitié, quelque chose dans ses grelots crescendos me réjouit. On a sept et quatre ans, huit et cinq ans, neuf et six ans et tout le temps de notre enfance, je suis la grande et elle, la petite.

Aujourd'hui, c'est pareil. Je pourrais la chatouiller comme ça devant tout le monde. Qu'est-ce qui m'en empêche... Nous sommes toutes les deux grand-mères, j'entendrais son rire et celui de ses petits-enfants aussi. Ce serait tellement joyeux ! Je regarde ma cousine, nous avons le même âge et rien n'a changé.

Elle non plus n'a pas quitté sa mère, elles ont créé en famille le célèbre institut de danse Stanlowa. Sa mère est morte bien avant la mienne. Ce n'était pas juste, elles auraient dû mourir dans l'ordre de leurs naissances, c'est ce que je me serais probablement dit à sa place. Je ne sais pas si elle l'a pensé.

Nous partageons la folie des cerises rouges (en tissus imprimés, en broderies, en écussons, en boucles d'oreilles), le goût pour les chaussons de la marque Isotoner, l'excitation de rarcs virées shopping où je dépense toujours deux fois plus qu'elle, mais nous ne nous ressemblons pas. Elle ne montre jamais ses émotions, les miennes me submergent. Nous ne lisons pas les mêmes livres, nous ne nous intéressons pas aux mêmes choses, nous ne vivons pas la même vie, nous nous voyons assez peu.

« Nathalie, où es-tu ? Patricia ? Les filles, où vous cachez-vous ? »

Après le déjeuner, nous campons sur le perron. Devant la maison, plein sud, cailloux au sol, la barrière blanche, la boîte aux lettres, la rue des Vignes, déserte.

Seule aussi, assise sur la pierre chaude, alors que derrière la maison le jardin immense, la pelouse douce et l'ombre s'offrent à moi. Préférer la tranquillité, à l'écart, au soleil, dos calé contre la porte d'entrée, avec un bouquin. Dans l'après-midi, m'allonger à l'ombre sur la balancelle. Quand le soleil se couche, arroser le massif de pétunias. Puis disparaître au fond du jardin où les herbes sont hautes et les orties méchantes. Me balancer encore.

Et revenir chaque année passer l'été chez ma grand-mère, lui redire que sa vue est la plus belle.

En gravissant les quatre marches du perron, on pénètre dans la maison. Il faut pousser la porte dont la partie supérieure est vitrée. À gauche, l'escalier invite à monter vers les chambres. Un petit guéridon stratégique où repose l'unique téléphone en bakélite noir, près des toilettes dans lesquelles Muriel s'enferme pendant des heures. Aplati, le fil indiscret du téléphone dépasse de la porte close… Des murmures s'en s'échappent. Immobile, assise sur la dernière marche de l'escalier, sous le prétexte d'une envie pressante, j'espère glaner quelques mots de ses conversations avec ses flirts. Le soir, elle négocie avec ses parents le droit de sortir, à la Vacherie, l'unique boîte de nuit qui se trouve à quelques kilomètres. Comment ira-t-elle, avec qui, à quelle heure reviendra-t-elle ? Ces drames quotidiens me fascinent, elle leur tient tête, et elle part toujours en claquant la porte.

Au premier étage, un couloir, une petite chambre indépendante, je crois que c'est ma tante Françoise qui l'occupe. Puis les autres chambres en enfilade : celle de mes parents, sous la fenêtre un lit d'enfant tapissé de rose avec des rubans verts pour moi ; une porte, la chambre de Danièle avec un lavabo (plus tard, la mienne) ; une porte, le grenier ; une porte, la chambre de Jacques et Jeanine, la plus spacieuse. Encore une porte mais plus étroite, c'est la minuscule chambre de Muriel qui abrite un lit une place. Et si je viens tenter une confidence, je dois en sortir à reculons. Quel que soit le sens giratoire, on déambule de chambre en chambre, sans aucune intimité. D'ailleurs, je ne revois pas la salle de bains ?

Je demande à Muriel... il n'y en avait pas. Nous utilisions la salle de bains en bas. Tout le monde, même les gendres de mes grands-parents !

Parfois on se retrouve à vélo avec mon cousin Hervé. On se donne rendez-vous chez Cahé, la droguerie du village à mi-chemin de nos deux maisons. (C'est pratique, il lui manque toujours une pince ou un clou quand il bricole.) Au même moment que les miens, ses grands-parents avaient acquis une maison à Combs-la-Ville. Près de la sienne coulait une rivière, on y allait parfois en barque. C'est là, ou ailleurs, qu'on s'est fiancés pour la vie.

Mon fiancé est amoureux tout le temps. Chaque fois très sincèrement. S'il n'est pas en pleine lune de miel, il est en train de s'éprendre de quelqu'un qu'il vient de rencontrer. C'est un romantique, un tendre. Sa vie est un peu compliquée. Avec toutes ces femmes, ça va souvent de travers, ce n'est pas un homme très doué pour l'harmonie, pour le quotidien, mais il sait jongler. Pour l'argent, c'est pareil. Je crois que le chaos le fatigue même s'il ne lui déplaît pas. Mais il a le talent d'aimer et de savoir aimer. Fidèle à lui-même.

Quand on a laissé passer un peu de temps sans se voir ou se parler (ce qui arrive) on « bloque » une après-midi ensemble. Il nous faut au moins ça, avec ces nouveaux dossiers à ouvrir. Tout ce temps sans nouvelles de l'autre. Celui qui a une actualité sur le feu parle en premier. Mais si l'un de nous a un gros souci, la procédure est différente. Évacuer le résumé de celui qui va bien, consacrer ensuite le reste du temps à éteindre l'incendie de l'autre. Lui, entre dans les détails et c'est long parfois parce qu'il a le goût des choses exactes. Moi, je vais droit à l'essentiel.

Ça me plaît qu'il n'ait pas un type de femme, qu'il ne répète pas les mêmes histoires. Quand c'est merdique, c'est merdique, mais chaque fois différemment. Il a de la fantaisie.

Je le trouve beau de ne pas résister à l'amour, de ne pas vivre sans amour, de voir la beauté partout, d'aimer tous les genres de femmes, de s'enthousiasmer pour certaines qui me semblent insignifiantes, des belles aussi, des moches, des emmerdeuses.

Il n'est sûrement pas facile à vivre, un peu obsessionnel, coupeur de cheveux en quatre, artiste et son contraire, dentiste, têtu, jamais à l'heure. Mon cousin est tellement drôle, intelligent, bricoleur, gentil, tendre, et il adore le sexe.

Je suis heureuse sur mon vélo, je chante à tue-tête, c'est le seul endroit où je chante volontiers. Personne ne m'entend. Personne ne me force, ni ne me dit que je chante faux. Le soleil, la pluie, le vent, aller où je vais, ça m'enchante et je chante…

Je reste des heures sur mon vélo, je vais de plus en plus loin, je découvre de nouveaux villages sans prendre le risque de me perdre. Je n'ai aucun sens de l'orientation. L'unique frisson que je m'accorde consiste à décider, à l'aller comme au retour, si je prends par devant (la place de la mairie, la route, les commerces) ou par derrière (un peu plus long et avec une côte, mais moins de voitures).

Je rentre toujours à temps au 40 rue des Vignes, la maison est entièrement recouverte de vigne vierge, si belle.

Et en automne, elle sera rousse.

Le jour où ma mère est morte, toute la famille est venue à la maison. Mes filles étaient là. C'était très silencieux. Muriel ne tenait pas en place, Philippe son mari fumait devant la fenêtre ouverte, Danièle était muette, Jean-Philippe était assis par terre en tailleur, il se balançait d'avant en arrière comme d'habitude, plus lentement que d'habitude. Éric, le compagnon de Patricia, était là, et Serge, bien sûr. Je ne suis pourtant certaine de rien. J'étais assise, tournée vers le mur, prostrée dans le fauteuil crapaud que ma mère m'avait donné. Patricia est arrivée la dernière, longtemps après les autres. Je ne sais pas pourquoi, peut-être cette enfance indélébile ensemble, cette enfance plus forte que tout, c'est dans ses bras à elle que je me suis effondrée. Et quarante ans plus tôt, c'est dans ceux de mon cousin que je me suis réfugiée après l'enterrement de mon père.

Le fauteuil de mes parents trônait devant la télévision avenue du Général-Leclerc. Des années plus tard, quand ma mère est partie rue des Saints-Pères, elle ne l'a pas abandonné. Mais son repose-pieds a disparu dans les dommages du déménagement et on a retrouvé le siège amputé de sa moitié dans son tissu bleu usé.

Vingt ans plus tard, je le lui ai demandé et elle me l'a donné, en précisant : « C'est un crapaud, tu sais ?

— Un crapaud, tu veux dire que c'est son nom ? »

Je l'aimais tant que je l'ai pris comme il était ce vieux crapaud, sans le débaptiser. Plus tard, l'artiste anglais Kaffe Fassett l'a recouvert de fleurs au point de croix pour moi. Cadeau de mon ex-mari.

Il a toujours été là. Avec moi. Combien de temps les fesses calées dans ce fauteuil. Combien d'heures dans ses bras, de moments passés à le contempler de loin, combien de livres, de siestes, de séries télé, de paroles, de pensées, d'attente, de rêveries, de larmes, combien de rires, le cul lové sur lui…

Il a tout vu, tout entendu, et il est resté muet. Depuis l'enfance, quand se construit la confiance et que se forgent les croyances et plus tard aussi, quand le destin vous rejoint. Ce qui est certain, c'est qu'il me connaît bien.

Alors, si quelqu'un devait témoigner de ma vie, ce serait bien que ce soit lui, mon témoin.

I will never be young again!

> « *La source de la peur est dans l'avenir et qui est libéré de l'avenir n'a rien à craindre.* »
> Milan Kundera

Adieu, jeunesse.
Quelle angoisse dans ce lyrisme de ma langue maternelle. On se croirait sur le pont du *Titanic*, jetant à la mer, avant de sombrer, sa garde-robe trempée de larmes et de regrets.
I will never be young again…
En anglais, point d'emphase, du réalisme. C'est moi qui choisis, parce que je le veux, quand je le veux, d'archiver mes habits bien-aimés mais suffisamment portés, devenus transparents, un peu vintage.

Mon enfance me manque oui, parfois. Ma jeunesse, jamais.

La beauté de la jeunesse ? Mais elle n'existe pas, c'est un leurre. On doit confondre avec la fraîcheur ou la vigueur. La beauté est cette chose injuste, qui le sera toujours. Et la douleur, elle n'est pas vouée aux anciens. Être jeune, c'est souffrir aussi et s'en prendre plein la gueule.

Imprécise, embourbée, complexée. Insécure. Doute, cherche les regards et les approbations, en mal de félicitations. Influençable, s'en veut de l'être, trouve ça minable. Devient mère, immergée dans cet amour, inquiète de mal faire, coupable... n'oublie pas de rester femme. Dirige et veut être aimée, ne sait pas qu'il y a incompatibilité. Trahisons d'amis. Années chez les psys. Être jeune, c'est éprouvant.

Avec le temps, vous avez appris. Vous savez ce qui compte et ce qui n'a pas d'importance : que votre puissance est limitée, votre impuissance presque totale. Vous ne vous encombrez plus d'inutile. Vous vous battez toujours, mais vos combats doivent aboutir. Vous vous fâchez encore, mais pas avec les amis qui vous restent. Vous choisissez l'indulgence, le concret, l'instant. Vous êtes qui vous êtes, apaisée, meilleure peut-être. Il vous semble que les autres aussi.

Vous me direz que vous êtes moins belle, ou que votre meilleure amie pense avant tout à elle ; c'est normal. Votre homme aussi (pense à lui, pas à votre meilleure amie), vos enfants pensent à eux, c'est logique. Vos parents sont partis, vous ne pouvez pas leur en vouloir. Aujourd'hui, c'est vrai, vous n'êtes le problème de personne, disons plutôt, vous n'êtes la priorité de personne. Vous êtes entourée, vous êtes aimée, vous aimez, mais vous êtes seule.

Ce n'est pas une nouveauté, mais au moins, maintenant, vous le savez.

Cette envie de danser qui ressemble à la liberté, cette envie d'en profiter parce que tout est plus léger… Indécente ? Non, jouissive.

La bohème maintenant, c'est tellement plus drôle qu'à vingt ans. Vite, je me glisse dans cette nouvelle robe, moulante, sachante. Son tissu est plus fragile, elle me ressemble, elle me colle au corps et au cœur. On dirait du sur-mesure, de la couture. Je viens de l'acheter. Je l'adore.

« If you want a happy ending, that depends, of course, on where you stop your story. »
Orson Welles.

(Il faut choisir où arrêter l'histoire, si on veut qu'elle se termine bien.)

Je remercie

Salomé Burstein pour sa lecture indispensable, intelligente et impitoyable.

David Teboul pour son accompagnement affectueux et littéraire.

Joanne Azoubel pour le portrait de couverture (2016).

Camille Henrot pour l'autorisation de reproduire le détail de la fresque *A long face*.

Adel Abdessemed pour l'autorisation de reproduire *Mes amis*.

Crédits

Page 65 :
Défilé Printemps-Été 2008
© D.R.

Page 111 :
Camille Henrot, *A Long face*, 2016.
Fresque/fresco 418 x 396 x 4,5 cm
Courtesy of the artist and Mennour (Paris)
© Camille Henrot, Paris, ADAGP, 2023.

Page 155 :
Adel Abdessemed, *Mes Amis*, 2005.
C-print 49 x 65 cm
Courtesy Adel Abdessemed
© Adel Abdessemed, Paris, ADAGP, 2023.

Les autres documents et photographies sont extraits des albums de famille de l'auteure.

CET OUVRAGE A ÉTÉ COMPOSÉ PAR LE PETIT ATELIER
POUR LE COMPTE DES ÉDITIONS J.-C.LATTÈS
17, RUE JACOB, 75006 PARIS
ET ACHEVÉ D'IMPRIMER
PAR NORMANDIE ROTO IMPRESSION S.A.S. (61250 LONRAI)
EN JANVIER 2024

JC Lattès s'engage pour
l'environnement en réduisant
l'empreinte carbone de ses livres.
Celle de cet exemplaire est de .
620 g éq. CO$_2$
Rendez-vous sur
www.jclattes-durable.fr

PAPIER À BASE DE
FIBRES CERTIFIÉES

N° d'édition : 01 – N° d'impression : 2400333
Dépôt légal : mars 2024
Imprime en France